LA VIE DE MARIANNE, OU LES AVANTURES DE MADAME LA COMTESSE D***.

Par Monsieur DE MARIVAUX.

QUATRIEME PARTIE.

16742
(4)

A LA HAYE,
Chez JEAN NEAULME,
M. DCC. XXXVII.

LA VIE DE MARIANNE, OU LES AVANTURES DE MADAME LA COMTESSE DE ***:

Quatrieme Partie.

JE ris en vous envoyant ce Paquet, Madame. Les differentes Parties de l'Hiſtoire de Marianne ſe ſuivent ordinairement de fort loin. J'ai coutume de vous les faire attendre trèslongtems : il n'y a que deux mois, que vous avez reçû la troiſiéme ; & il me ſemble que je vous entends dire : Encore une troiſiéme Partie ! A-t-elle oublié qu'elle me l'a envoyée ?

Non, Madame, non : c'eſt que c'eſt la quatriéme ; rien que cela, la quatriéme. Vous voilà bien étonnée, n'eſt-ce pas ? Voyez ſi je ne gagne pas à avoir été pareſſeuſe. Peut-être qu'en ce moment vous me ſçavez bon gré de ma diligence ; & vous ne la remarqueriez pas, ſi j'avois coutume d'en avoir.

A quelque choſe nos défauts ſont bons : on voudroit bien que nous ne les euſſions pas ; mais, on les ſupporte, & on nous trouve plus aimables de nous en corriger quelquefois, que nous ne le paroîtrions avec les qualitez contraires.

Vous ſouvenez-vous de Monſieur de...? C'étoit un grondeur éternel, & d'une phyſionomie à l'avenant. Avoit-il un quart-d'heure de bonne humeur ? on l'aimoit plus dans ce quart d'heure, qu'on ne l'eût aimé pendant toute une année, s'il avoit toujours été agréable : de memoire d'homme, on n'avoit vû tant de graces à perſonne.

Mais, commençons cette quatriéme Partie : peut-être avez-vous beſoin de la lire pour la croire ; &, avant que de continuer mon Récit, venons au

Por-

Portrait de ma Bienfaictrice, que je vous ai promis, avec celui de la Dame qu'elle a amenée; & à qui dans les ſuites j'ai eu des obligations dignes d'une reconnoiſſance éternelle.

Quand je dis que je vais vous faire le Portrait de ces deux Dames, j'entens que je vous en donnerai quelques traits: on ne ſçauroit rendre en entier ce que ſont les perſonnes, du moins cela ne me ſeroit pas poſſible; je connois bien mieux les gens avec qui je vis, que je ne les définirois: il y a des choſes en eux que je ne ſaiſis point aſſez pour les dire, & que je n'apperçois que pour moi, & non pas pour les autres; ou ſi je les diſois, je les dirois mal: ce ſont des objets de ſentiment ſi compliquez, & d'une netteté ſi délicate, qu'ils ſe brouillent dès que ma réfléxion s'en méle; je ne ſçai plus par où les prendre pour les exprimer, de ſorte qu'ils ſont en moi, & non pas à moi.

N'êtes-vous pas de même? Il me ſemble que mon ame, en mille occaſions, en ſçait plus qu'elle n'en peut dire, & qu'elle a un eſprit à part, qui eſt bien ſupérieur à l'eſprit qne j'ai d'ordinaire. Je crois auſſi que les hommes ſont bien au-deſſus de tous les Livres qu'ils font. Mais, cette penſée me meneroit trop loin : revenons à nos Dames, & à leur Portrait. En voici un qui ſera un peu étendu : du moins j'en ai peur, & je vous en avertis, afin que vous choiſiſſiez, ou de le paſſer, ou de le lire.

Ma Bienfaictrice, que je ne vous ai pas encore nommée, s'appelloit Madame de Miran ; elle pouvoit avoir cinquante ans : quoiqu'elle eût été belle femme, elle avoit quelque choſe de ſi bon & de ſi raiſonnable dans la phyſionomie, que cela avoit pû nuire à ſes charmes, & les empêcher d'être auſſi piquans qu'ils auroient dû l'être : quand on a l'air ſi bon, on en paroît moins belle ; un air de franchiſe & de bonté ſi dominant, eſt tout-à-fait contraire à la coquetterie ; il ne fait ſonger qu'au bon caractere d'une femme, & non pas à ſes graces ; il rend la belle perſonne plus eſtimable, mais ſon viſage plus indifferent : de ſorte qu'on eſt plus content d'être avec elle, que curieux de la regarder.

Et voilà, je penſe, comme on avoit été avec Madame de Miran ; on ne prenoit pas garde, qu'elle étoit belle

fem

femme, mais ſeulement la meilleure femme du monde: auſſi, m'a-t-on dit, n'avoit-elle gueres fait d'Amans, mais beaucoup d'amis, & même d'amies; ce que je n'ai pas de peine à croire, vû cette innocence d'intention qu'on voyoit en elle, vû cette mine ſimple, conſolante, & paiſible, qui devoit raſſurer l'amour-propre de ſes compagnes, & la faiſoit plus reſſembler à une confidente qu'à une rivale.

Les femmes ont le jugement ſûr là-deſſus. Leur propre envie de plaire leur apprend tout ce que vaut un viſage de femme, quel qu'il ſoit; beau ou laid, il n'importe, ce qu'il a de mérite, fût-il imperceptible, elles l'y découvrent, & ne s'y fient pas; mais, il y a des beautez entr'elles qu'elles ne craignent point, elles ſentent fort bien que ce ſont des beautez ſans conſequence; & apparemment que c'étoit ainſi qu'elles avoient jugé de Madame de Miran.

Or, à cette phiſionomie plus louable que ſéduiſante, à ces yeux qui demandoient plus d'amitié que d'amour, cette chere Dame joignoit une taille bien faite, & qui auroit été galante, ſi Madame de Miran l'avoit voulu, mais qui, faute de cela, n'avoit jamais que des mouvemens naturels & necessaires, & tels qu'ils pouvoient partir de l'ame du monde de la meilure foi.

Quant à l'esprit, je crois qu'on n'avoit jamais songé à dire qu'elle en eût, mais qu'on n'avoit jamais dit aussi qu'elle en manquât. C'étoit de ces esprits qui satisfont à tout sans se faire remarquer en rien, qui ne sont ni forts ni foibles, mais doux & sensez, qu'on ne critique, ni qu'on ne loue, mais qu'on écoute.

Fût-il question des choses les plus indifférentes, Madame de Miran ne pensoit rien, ne disoit rien, qui ne se sentît de cette abondance de bonté qui faisoit le fond de son caractere.

Et n'allez pas croire, que ce fût une bonté sotte, aveugle, de ces bontez d'une ame foible & pusillanime, & qui paroissent risibles même aux gens qui en profitent.

Non, la sienne étoit une vertu, c'étoit le sentiment d'un cœur excellent; c'étoit cette bonté proprement dite, qui tiendroit lieu de lumiere, même aux personnes qui n'auroient pas d'esprit, & qui, parce qu'elle est vraie bonté, veut avec scrupule être juste

&

& raiſonnable, & n'a plus envie de faire un bien, dès qu'il en arriveroit un mal.

Je ne vous dirai pas même, que Madame de Miran eut ce qu'on appelle de la nobleſſe d'ame, ce ſeroit auſſi confondre les idées: la bonne qualité que je lui donne étoit quelque choſe de plus ſimple, de plus aimable, & de moins brillant. Souvent ces gens, qui ont l'ame ſi noble, ne ſont pas les meilleurs cœurs du monde; ils s'entêtent trop de la gloire & du plaiſir d'être genereux, & negligent par-là bien des petits devoirs. Ils aiment à être louez, & Madame de Miran ne ſongeoit pas ſeulement à être louable: jamais elle ne fut genereuſe, à cauſe qu'il étoit beau de l'être, mais à cauſe que vous aviez beſoin qu'elle le fût; ſon but étoit de vous mettre en repos, afin d'y être auſſi ſur votre compte.

Lui marquiés-vous beaucoup de reconnoiſſance? ce qui l'en flattoit le plus, c'eſt que c'étoit ſigne que vous étiez content. Quand on remercie tant d'un ſervice, apparemment qu'on ſe trouve bien de l'avoir reçû; & voilà ce qu'elle aimoit à penſer de vous:

vous : de tout ce que vous lui diſiez, il n'y avoit que votre joye qui la récompenſoit.

J'oubliois une choſe aſſez ſinguliere, c'eſt que, quoiqu'elle ne ſe vantât jamais des belles actions qu'elle faiſoit, vous pouviez vous vanter des vôtres avec elle en toute ſureté, & ſans craindre qu'elle y prît garde : le plaiſir de vous entendre dire, que vous étiez bon, ou que vous l'aviez été, lui fermoit les yeux ſur votre vanité, ou lui perſuadoit qu'elle étoit fort légitime ; auſſi contribuoit-elle à l'augmenter tant qu'elle pouvoit : oui, vous aviez raiſon de vous eſtimer, il n'y avoit rien de plus juſte, & à peine pouviez-vous vous trouver autant de mérite qu'elle vous en trouvoit elle-même.

A l'égard de ceux qui s'eſtiment à propos de rien, qui ſont glorieux de leur rang ou de leur richeſſe, gens inſupportables & qui fachent tout le monde, ils ne fachoient point Madame de Miran : elle ne les aimoit pas ; voilà tout, ou bien elle avoit pour eux une antipathie froide, tranquille, & polie.

Les médiſans par babil, je veux dire ces gens à bons mots contre les au-

autres, à qui pourtant ils n'en veulent point, la fatiguoient un peu davantage, parce que leur défaut choquoit sa bonté naturelle, au lieu que les glorieux ne choquoient que sa raison & la simplicité de son caractere.

Elle pardonnoit aux grands parleurs, & rioit bonnement en elle-même de l'ennui qu'ils lui donnoient, & dont ils ne se doutoient pas.

Trouvoit-elle des esprits bisarres, entêtez, qui n'entendoient pas raison? Elle prenoit patience, & n'en étoit pas moins leur amie. Eh bien, c'étoit d'honnêtes gens, qui avoient leurs petits défauts, chacun n'avoit-il pas les siens, & voilà qui étoit fini. Tout ce qui n'étoit que faute de jugement, que petitesse d'esprit : bagatelle que cela avec elle ; son bon cœur ne l'abandonnoit pour personne, ni pour les menteurs qui lui faisoient pitié, ni pour les fripons qui la scandalisoient sans la rebuter, pas même pour les ingrats qu'elle ne comprenoit pas : elle ne se réfroidissoit que pour les ames malignes ; elle auroit pourtant servi les personnes de cette espece, mais à contre-cœur & sans goût : c'étoit-là ses vrais méchans, les seuls qui étoient brouil-

lez

lez avec elle, & contre qui elle avoit une rancune ſecrette & naturelle, qui l'éloignoit d'eux ſans retour.

Une coquette, qui vouloit plaire à tous les hommes, étoit plus mal dans ſon eſprit, qu'une femme qui en auroit aimé quelques-uns plus qu'il ne falloit: c'eſt qu'à ſon gré il y avoit moins de mal à s'égarer qu'à vouloir égarer les autres; & elle aimoit mieux qu'on manquât de ſageſſe que de caractere, qu'on eût le cœur foible, que l'eſprit impertinent & corrompu.

Madame de Miran avoit plus de vertus morales que de chrétiennes, reſpectoit plus les exercices de ſa Religion qu'elle n'y ſatisfaiſoit, honoroit fort les vrais dévots ſans ſonger à devenir dévote, aimoit plus Dieu qu'elle ne le craignoit, & concevoit ſa juſtice & ſa bonté un peu à ſa maniere, & le tout avec plus de ſimplicité que de philoſophie: c'étoit ſon cœur, & non pas ſon eſprit, qui philoſophoit là-deſſus.

Telle étoit Madame de Miran, ſur qui j'aurois encore bien des choſes à dire; mais, à la fin, je ſerois trop longue: & ſi par haſard vous trouvez déjà que je l'aye été trop, ſongez que c'eſt c'eſt ma Bienfaictrice, & que je ſuis bien excuſable de m'être un peu oubliée dans le plaiſir que j'ai eu de parler d'elle.

Il vous revient encore un Portrait, celui de la Dame avec qui elle étoit; mais, ne craignez rien, je vous en fais grace pour à préſent: &, en verité, je me l'épargne à moi-même; car, je ſoupçonne qu'il ne ſera pas court non plus qu'il ne ſera pas même aiſé, & il eſt bon nous reprenions toutes deux haleine. Je vous le dois pourtant, & vous l'aurez pour l'acquit de mon exactitude. Je vois d'ici où je le placerai dans cette quatriéme Partie; mais, je vous aſſure que ce ne ſera que dans les dernieres pages, & peut-être ne ſerez-vous pas fâchée de l'y trouver. Vous pouvez du moins vous attendre à du ſingulier. Vous venez de voir un excellent cœur: celui, que j'ai encore à vous peindre, le vaudra bien, & ſera pourtant different. A l'égard de l'eſprit, ce ſera toute la force de celui des hommes mélée avec toute la délicateſſe de celui des femmes.

Continuons mon Récit. Bon jour, ma fille, me dit Madame de Miran en entrant dans le Parloir: voici une Dame,

Dame, qui a voulu vous voir, parce que je lui ai dit du bien de vous ; & je ſerai ravie auſſi qu'elle vous connoiſſe, afin qu'elle vous aime. Eh bien, Madame, ajoûta-t'elle en s'adreſſant à ſon amie, la voilà : comment la trouvez-vous ? N'eſt-il pas vrai, que ma fille eſt gentille ?

Non, Madame reprit cette amie d'un air careſſant : non, elle n'eſt pas gentille ; ce n'eſt pas-là ce qu'il faut dire, s'il vous plaît ; vous en parlez avec la modeſtie d'une mére. Pour moi, qui ſuis une étrangere, il m'eſt permis de dire franchement ce que j'en penſe, & ce qui en eſt ; c'eſt qu'elle eſt charmante, & qu'en verité je ne ſçache point de figure plus aimable, ni d'un air plus noble.

Je baiſſai les yeux à un diſcours ſi flatteur, & je ne ſçûs y répondre qu'en rougiſſant. On s'aſſit, la converſation s'engagea. Y a-t'il rien dans la phyſionomie de Mademoiſelle qui pronoſtique les infortunes qu'elle a eſſuyées ? dit Madame Dorſin. (C'étoit le nom de la Dame en queſtion.) Mais, il faut tôt ou tard que chacun ait ſes malheurs dans ce monde ; & voilà les ſiens paſſez ; j'en ſuis ſûre.

Je

Je le crois auſſi, Madame, répondis-je modeſtement. Puiſque j'ai rencontré Madame, & qu'elle a la bonté de s'intereſſer à moi, c'eſt un grand ſigne, que mon bonheur commence. C'étoit de Madame de Miran dont je parlois, comme vous le voyez; & qui, avançant ſa main à la grille pour me prendre la mienne, dont je ne pûs lui paſſer que trois ou quatre doigts, me dit: Oui, Marianne, je vous aime, & vous le méritez bien; ſoyez deſormais ſans inquietude: ce que j'ai fait pour vous n'eſt encore rien; n'en parlons point. Je vous ai appellée ma fille: imaginez-vous que vous l'êtes, & que je vous aime autant que ſi vous l'étiés.

Cette réponſe m'attendrit; mes yeux ſe moüillerent: je tâchai de lui baiſer la main, dont elle ne pût à ſon tour m'abandonner que quelques doigts.

L'aimable enfant! s'écria là-deſſus Madame Dorſin. Sçavez-vous bien, que je ſuis un peu jalouſe de vous, Madame; & qu'elle vous aime de ſi bonne grace, que je prétends en être aimée auſſi, moi. Faites comme il vous plaira: vous êtes ſa mere, & je veux du moins être ſon amie:

n'y consentez - vous pas Mademoiselle ?

Moi , Madame ? repartis - je. Le respect m'empêche de dire qu'oüi : je n'ose prendre cette liberté - là ; mais , si ce que vous me dites m'arrivoit, ce seroit encore aujourd'hui un des plus heureux jours de ma vie. Vous avez raison , ma fille , me dit Madame de Miran : & le plus grand service qu'on puisse vous rendre , c'est de prier Madame de vous tenir parole , & de vous accorder son amitié. Vous la lui promettez , Madame ? ajoûta-t'elle , en parlant à Madame Dorsin, qui, de l'air du monde le plus prévenant , dit sur le champ : Je la lui donne ; à condition , qu'après vous , il n'y aura personne qu'elle aimera tant que moi.

Non , non, dit Madame de Miran, vous ne vous rendez pas justice : & moi je lui défends bien de mettre entre nous là-dessus la moindre difference ; & j'ôse vous répondre , qu'elle m'obéïra de reste. Je baissai encore les yeux, en disant très - sincerement , que j'étois confuse & charmée.

Madame de Miran regarda tout de suite à sa montre : il est plus tard que je ne croyois, dit - elle , & il faut que je m'en aille bien - tôt. Je ne vous vois au-

aujourd'hui qu'en paſſant, Marianne; j'ai beaucoup de viſites à faire: d'ailleurs, je me ſens abbatuë, & veux rentrer de bonne heure chez moi. Je n'ai pas fermé l'œil de la nuit: j'ai eu mille choſes dans l'eſprit, qui m'en ont empéché.

Mais, en effet, Madame, repris-je, j'ai crû vous voir un peu triſte: (& cela étoit vrai;) & j'en ai été inquiete: eſt-ce que vous auriez du chagrin?

Oüi, reprit-elle. J'ai un fils, qui eſt un fort honnéte homme, dont j'ai toujours été trés-contente, & dont je ne la ſuis pas aujoud'hui. On veut le marier, il ſe préſente un parti très-avantageux pour lui. Il eſt queſtion d'une fille riche, aimable, fille de condition, dont les parens paroiſſent ſouhaiter que le mariage ſe faſſe: mon fils lui-même, il y a plus d'un mois, a conſenti que des amis communs s'en mélaſſent. On l'a mené chez la jeune perſonne: il l'a vûë plus d'une fois; &, depuis quelques ſemaines, il néglige de conclure. Il ſemble qu'il ne s'en ſoucie plus: & ſa conduite me deſole, d'autant plus que c'eſt une eſpece d'engagement que j'ai pris avec une famille conſiderable, à qui je ne ſçai que dire pour excuſer la tiédeur choquante qu'il montre aujourd'hui.

Elle ne durera pas : je ne ſçaurois le croire, reprit Madame Dorſin ; & je vous le repete encore, votre fils n'eſt point un étourdi. C'eſt un jeune homme, qui a de l'eſprit, de la raiſon, de l'honneur. Vous ſçavez ſa tendreſſe, ſes égards, & ſon reſpect, pour vous ; & je ſuis perſuadée, qu'il n'y a rien à craindre. Il viendra demain dîner chez moi : il m'écoute ; laiſſez-moi faire, je lui parlerai. Car, de dire que cette petite fille, dont on vous a parlé, & qu'il a rencontrée en revenant de la Meſſe, l'ait dégoûté du mariage en queſtion, je vous l'ai déja dit, c'eſt ce qui ne m'entrera jamais dans l'eſprit.

En revenant de la Meſſe, Madame? dis-je alors un peu étonnée, à cauſe de la conformité que cette Avanture avoit avec la mienne. Vous vous ſouvenez, que c'étoit au retour de l'Egliſe, que j'avois rencontré Valville : ſans compter, que le mot de petite fille étoit aſſez dans le vrai.

Ouï, en revenant de la Meſſe, me répondit Madame Dorſin : ils en ſortoient

toient tous deux ; & il n'y a pas d'apparence, qu'ils se soient vûs depuis.

Eh ! que sçait-on ? on la fait si jolie, que cela m'allarme, repartit Madame de Miran ; & puis vous sçavez, quand elle fut partie, les mesures qu'il prit pour la connoître.

Des mesures : autre motif pour moi d'écouter.

Eh ! mon Dieu, Madame, à quoi vous arrêtez-vous-à, s'écria Madame Dorsin ? Elle est jolie, à la bonne heure ; mais, y a t'il moyen de penser qu'une grisette lui ait tourné la tête ? Car, il n'est question que d'une grisette, ou, tout au plus, de la fille de quelque petit Bourgeois, qui s'étoit mise dans ses beaux atours à cause du Jour de Fête.

Un Jour de Fête ! Ah, Seigneur ! quelle date : est-ce que ce seroit moi ? dis-je encore en moi-même toute tremblante, & n'osant plus faire de questions.

Oh, je vous demande, ajoûta Madame Dorsin, si une fille de quelque distinction va seule dans les ruës, sans Laquais, sans quelqu'un avec elle, comme on a trouvé celle-cy, à ce qu'on vous a dit ? Et qui plus est, c'est qu'elle se jugea elle-même, &

qu'elle vit bien, que votre fils ne lui convenoit pas, puisqu'elle ne voulut, ni qu'on la ramenât, ni dire qui elle étoit, ni où elle demeuroit. Ainſi, quand on le ſuppoſeroit ſi amoureux d'elle, où la retrouveroit-il? Il a pris des meſures, dites-vous: ſes Gens rapportent qu'il fit courir un Laquais après le Fiacre qui l'emmenoit: (Ah! que le cœur me battit ici;) mais, eſt-ce qu'on peut ſuivre un Fiacre? Et d'ailleurs, ce même Laquais, que vous avez interrogé, vous a dit qu'il avoit eu beau courir aprés, & qu'il l'avoit perdu de vûë.

Bon, tant mieux, penſois-je ici; ce n'eſt plus moi: le Laquais, qui me ſuivit, me vit deſcendre à ma porte.

Ce garçon vous trompe, continua Madame Dorſin: il eſt dans la confidence de ſon Maître; dites-vous.

Ah, ah! cela ſe pourroit bien: c'eſt moi qui me le diſois.

Eh bien, ſoit: je veux qu'il ait vû arrêter le Fiacre, (c'eſt la Dame qui parle,) & que votre fils ait ſçû où demeure la petite fille; qu'en concluez-vous? Qu'il s'eſt pris de belle paſſion pour elle, qu'il va lui ſacrifier ſa fortune & ſa naiſſance, qu'il va ou-

blier

blier ce qu'il eſt, ce qu'il vous doit, ce qu'il ſe doit à lui-même, & qu'il ne veut plus, ni aimer, ni épouſer, qu'elle? En vérité, eſt-ce-là votre fils? Le reconnoiſſez-vous à de pareilles extravagances? Eh! c'eſt à peine ce qu'on pourroit craindre d'un imbecile, ou d'un écervelé, reconnu pour tel. Je veux croire, que la fille lui a plû, mais de la façon dont lui devoit plaire une fille de cette ſorte-là, à qui on ne s'attache point, & qu'un homme de ſon âge & de ſa condition tâche de connoître par goût de fantaiſie, & pour voir juſqu'où cela le menera: c'eſt tout ce qu'il en peut être. Ainſi, ſoyez tranquille. Je vous garantis que nous le marierons, ſi nous n'avons que les charmes de la petite Avanturiere à combattre: voilà quelque choſe de bien redoutable!

Petite Avanturiere: le terme étoit encore de mauvaiſe augure. Je ne m'en tirerai jamais, me diſois-je. Cependant, ſi ces Dames en étoient demeurées-là, je n'aurois ſçû affirmativement, ni qu'eſperer, ni que craindre; mais, Madame de Miran va éclaircir la choſe.

Je ſerois aſſez de votre avis, répondit-elle d'un air inquiet, si on ne disoit pas que mon fils n'est triste & de méchante humeur, que depuis le jour de cette malheureuse Avanture : & il est constant, que je l'ai trouvé tout changé. Mon fils est naturellement gai, vous le sçavez ; & je ne le vois plus que sombre, que distrait, que rêveur : ses amis même s'en apperçoivent. Le Chevalier, qu'il ne quittoit point, & avec qui il est si lié, le fatigue & l'importune : il lui fit dire hier, qu'il n'y étoit pas. Ajoûtez à cela les courses de ce même Laquais dont je vous ai parlé, que mon fils dépêche quatre fois par jour, & avec qui quand il revient, il a toujours de fort longs entretiens. Ce n'est pas-là tout ; j'oubliois de vous dire une chose : c'est que j'ai été ce matin parler au Chirurgien, qu'on alla chercher pour visiter le pied de la petite personne.

Oh ! pour le coup, me voici comme dans mon quadre. A l'article du pied, figurez-vous la pauvre petite orpheline anéantie. Je ne sçai pas comment je pûs respirer avec l'effroyable battement de cœur qui me prit.

Ah ! c'est donc moi : me dis-je. Il me sembla, que je sortois de l'Eglise

que

que je me voyois encore dans cette rue où je tombai avec ces maudits habits que Climal m'avoit donnez, avec toutes ces parures qui me valoient le titre de grisette en ses beaux atours des Jours de Fête.

Quelle situation pour moi, Madame! Et ce que j'y sentois de plus humiliant & de plus fâcheux, c'est que cet air si noble & si distingué, que Madame Dorsin en entrant avoit dit que j'avois, & que Madame de Miran me trouvoit aussi, ne tenoit à rien, dès qu'on me connoîtroit. M'appartenoit-il de venir rompre un mariage tel que celui dont il étoit question?

Oui! Marianne avoit l'air d'une fille de condition, pourvû qu'elle n'eût point d'autre tort que d'être infortunée, & que ses graces n'eussent causé aucun desorde; mais, Marianne aimée de Valville, Marianne coupable du chagrin qu'il donnoit à sa Mere, pouvoit fort bien redevenir grisette, avanturiere, & petite fille, dont on ne se soucieroit plus, qui indigneroit, & qui étoit bien hardie d'oser toucher le cœur d'un honnête homme.

Mais, achevons d'écouter Madame de Miran, qui continue, à qui dans la ſuitte de ſon diſcours il échappera quelques traits qui me ranimeront, & qui en eſt au Chirurgien à qui elle alla parler.

Et qui m'a dit de bonne-foi, continua-t'elle, que la jeune enfant étoit fort aimable, qu'elle avoit l'air d'une fille de très-bonne famille, & que mon fils dans toutes ſes façons avoit marqué un vrai reſpect pour elle. Et c'eſt ce reſpect, qui m'inquiéte: j'ai peine, quoique vous diſiez, à le concilier avec l'idée que j'ai d'une griſette. S'il l'aime & qu'il la reſpecte, il l'aime donc d'une maniere, qui ſera dangereuſe, & qui peut le mener très-loin. Vous concevez bien d'ailleurs, que tout cela n'annonce pas une fille ſans éducation & ſans mérite: & ſi mon fils a de certains ſentimens pour elle, je le connois, je n'en eſpere plus rien; ce ſera juſtement, parce qu'il a des mœurs, de la raiſon, & le caractere d'un honnête homme, qu'il n'y aura preſque pas de remede à ce miſérable penchant qui l'aura ſurpris pour elle, s'il la croit digne de ſa tendreſſe & de ſon eſtime.

Or, mettez-vous à la place de l'orpheline, & voyez, je vous prie, que de triſtes conſiderations à la fois. Doucement, pourtant; il s'y en joignoit

gnoit une, qui étoit bien agréable.

Avez-vous pris garde à cette mélancolie, où, disoit-on, Valville étoit tombé depuis le jour de notre connoissance? Avez-vous remarqué ce respect, que le Chirurgien disoit qu'il avoit eu pour moi? Vraiment, mon cœur, tout troublé, tout effrayé, qu'il avoit été d'abord, avoit bien recueilli ces petits traits-là: ce que Madame de Miran avoit conclu de ce respect ne lui étoit pas échappé non plus.

S'il la respecte, il l'aime donc beaucoup, avoit-elle dit; & j'étois tout-a-fait de son avis: la conséquence me paroissoit fort sensée & fort satisfaisante. De sorte qu'en ce moment j'avois de la honte, de l'inquiétude, & du plaisir; mais, ce plaisir étoit si doux, cette idée d'être veritablement aimée de Valville eut tant de charmes, m'inspira des sentimens si désinteressez & si raisonnables, me fit penser si noblement; enfin, le cœur est de si bonne composition quand il est content en pareil cas, que vous allez être édifiée du parti que je pris: oüi, vous allez voir une action, qui prouva que Valville avoit eu raison de me respecter.

Je n'étois rien, je n'avois rien qui pût

pût me faire considerer : mais à ceux qui n'ont, ni rang, ni richesses, qui en imposent, il leur reste une ame, & c'est beaucoup : c'est quelquefois plus que le rang & la richesse ; elle peut faire face à tout. Voyons comment la mienne me tira d'affaire.

Madame Dorsin repliqua encore quelque chose à Madame de Miran sur ce qu'elle venoit de dire.

Cette derniere se leva pour s'en aller, & dit : Puisqu'il dîne demain chez vous, tâchez donc de le disposer à ce mariage. Pour moi, qui ne puis me rassurer sur l'Avanture en question, j'ai envie, à tout hasard, de mettre quelqu'un après mon fils, ou après son Laquais ; quelqu'un, qui les suive l'un ou l'autre, & peut-être sçaurai-je par-là quelle est la petite fille, supposez qu'il s'agisse d'elle ; & il ne sera pas inutile de la connoître. Adieu, Marianne : je vous reverrai dans deux ou trois jours.

Non, lui dis-je, en laissant tomber quelques larmes ; non, Madame, voilà qui est fini. Il ne faut plus me voir, il faut m'abandonner à mon malheur : il me suit par tout ; & Dieu ne veut pas que j'aye jamais de repos.

Quoi ! que voulez-vous dire ? me réponpondit-elle. Qu'avez-vous, ma fille? D'où vient que je vous abandonnerois?

Ici mes pleurs coulerent avec tant d'abondance, que je restai quelque-tèms sans pouvoir prononcer un mot.

Tu m'inquiétes, ma chere enfant; pourquoi donc pleures-tu? ajoûta-t'elle en me présentant sa main, comme elle avoit déja fait quelques momens auparavant. Mais, je n'osois plus lui donner la mienne. Je me reculois honteuse, & avec des paroles entre-coupées de sanglots. Hélas! Madame! arretez, lui dis-je: vous ne sçavez pas à qui vous parlez, ni à qui vous témoignez tant de bontez. Je crois, que c'est moi qui suis votre ennemie, que c'est moi qui vous cause le chagrin que vous avez.

Comment! Marianne! reprit-elle étonnée: vous êtes celle, que Valville a rencontrée, & qu'on porta au logis? Oüi, Madame, c'est moi-même, lui dis-je; je ne suis pas assez ingrate pour vous le cacher: ce seroit une trahison affreuse, après tous les soins que vous avez pris de moi, & que vous voyez bien que je mérite pas, puisque c'est un malheur pour vous que je sois au monde; & voilà pourquoi je vous dis

de

de m'abandonner. Il n'eſt pas naturel, que vous teniés lieu de mere à une fille orpheline, que vous ne connoiſſez pas, pendant qu'elle vous afflige, & que c'eſt pour l'avoir vûe que votre fils refuſe de vous obéïr. Je me trouve bien confuſe de voir que vous m'ayés tant aimée, vous qui devez me vouloir tant de mal. Hélas! Vous vous y êtes bien trompée; & je vous en demande pardon.

Mes pleurs continuoient : ma bienfaictrice ne me répondoit point ; mais elle me regardoit d'un air attendri, & preſque la larme à l'œil elle-même.

Madame, lui dit ſon amie en s'eſſuyant les yeux, en verité, cette enfant me touche : ce qu'elle vient de vous dire eſt admirable. Voila une belle ame, un beau caractere!

Madame de Miran ſe taiſoit encore, & me regardoit toujours.

Vous dirai-je à quoi je penſe? reprit tout de ſuite Madame Dorſin. Vous êtes le meilleur cœur du monde, & le plus généreux : mais, je me mets à votre place ; &, après cet évenement-cy, il ſe pourroit fort bien que vous euſſiez quelque répugnance à la voir davantage : il faudra peut-être, que vous pre-

preniez ſur vous, pour lui continuer vos ſoins. Voulez-vous me la laiſſer ? Je me charge d'elle, en attendant que tout ceci ſe paſſe. Je ne prétends pas vous l'ôter; elle y perdroit trop: & je vous la rendrai, dès que le mariage de votre fils ſera conclu, & que vous me la redemanderez.

A ce diſcours, je levai les yeux ſur elle, d'un air humble & reconnoiſſant, à quoi je joignis une très-humble & très-legere inclination de tête. Je dis legere: parce que je compris dans mon cœur, que je devois la remercier avec diſcretion, & qu'il falloit bien paroître ſenſible à ſes bontez; mais non pas faire penſer qu'elles me conſolaſſent, comme en effet elles ne me conſoloient pas. J'accompagnai le tout d'un ſoûpir: après quoi, Madame Dorſin, reprenant la parole, dit à ma bienfactrice, Voyez, conſultez-vous.

De grace, un moment, répondit Madame de Miran; tout à l'heure, je vais vous répondre: laiſſez-moi auparavant m'informer d'une choſe.

Marianne, me dit-elle, n'avez-vous point eu de nouvelles de mon fils depuis que vous êtes ici ?

Hé-

Helas ! Madame, répondis-je, ne m'interrogez point là-dessus : je suis si malheureuse, que je n'aurai encore que des sujets de douleur à vous donner ; & vous n'en serez que plus en colere contre moi. Il est juste, que vous m'ôtiez votre amitié, & que vous laissiez-là une fille qui vous est si contraire : mais, il ne vous servira de rien de la haïr davantage, & je voudrois pouvoir m'exempter de cela. Ce n'est pas que je refuse de vous dire la verité : je sçai bien que je suis obligée de vous la dire, c'est la moindre chose que je vous doive ; mais, ce qui me retient, c'est la peine qu'elle vous fera, c'est la rancune que vous en prendrez contre moi, & toute l'affliction que j'en aurai moi-même.

Non, ma fille, non, reprit Madame de Miran : parlez hardiment ; & ne craignez rien de ma part. Valville sçait-il où vous êtes ? Est-il venu ici ?

Ce discours redoubla mes larmes. Je tirai ensuite de ma poche la Lettre, que j'avois reçûe de Valville, & que je n'avois pas décachetée : &, la lui présentant d'une main tremblante,

Je ne sçai, lui dis-je à travers mes san-

ſanglots, comment il a découvert que je ſuis ici; mais, voilà ce qu'il vient de me donner lui-même.

Madame de Miran la prit en ſoupirant, l'ouvrit, la parcourut, & jetta les yeux ſur ſon amie, qui fixa auſſi les ſiens ſur elle. Elles furent toutes deux aſſez long-tems à ſe regarder, ſans ſe rien dire. Il me ſembla même, que je les vis pleurer un peu; & puis Madame Dorſin en ſecouant la tête: Ah! Madame, dit-elle, je vous demandois Marianne; mais, je ne l'aurai pas: je vois bien que vous la garderez pour vous.

Oui, c'eſt ma fille plus que jamais, répondit ma bienfaictrice, avec un attendriſſement qui ne lui permit de dire que ce peu de mots: &, ſur le champ, elle me tendit une troiſiéme fois la main que je pris alors du mieux que je pus, & que je baiſai mille fois à genoux, ſi attendrie moi-même, que j'en étois comme ſuffoquée. Il ſe paſſa en même tems un moment de ſilence, qui fut ſi touchant, que je ne ſçaurois encore y penſer, ſans me ſentir remuée juſqu'au fond de l'ame.

Ce fut Madame Dorſin, qui le rompit la prémiere. Eſt-ce qu'il n'y a

 pas

pas moyen que je l'embrasse ? s'écria-t-elle. Je n'ai de ma vie été si émue que je le suis : je ne sçai plus qui des deux j'aime le plus, ou de la mere, ou de la fille.

Ah-ça, Marianne, me dit Madame de Miran, quand tous nos mouvemens furent calmez, qu'il ne vous arrive donc plus, tant que je vivrai, de dire que vous êtes orpheline : entendez-vous ? Venons à mon fils.

C'est sans doute Madame Dutour, cette Marchande chez qui vous demeuriez, qui lui aura dit où vous êtes.

Apparemment, répondis-je. Je ne le lui ai pourtant pas dit à elle-même : & je n'avois garde, puisque j'ignorois le nom du Couvent quand j'y suis entrée ; mais, l'homme, dont j'ai été obligée de me servir pour faire porter mes hardes ici, est de son quartier : ce sera lui, qui le lui aura appris ; & puis, Monsieur de Valville, qui me fit suivre par un Laquais, lorsque je sortis de chez lui en fiacre, & qui a sçû que j'étois descendue chez Madame Dutour, a sans doute interrogé cette bonne Dame, qui n'aura pas manqué de lui apprendre tout ce qu'elle en sçavoit : c'est ce que j'en puis juger ; car, pour

pour moi, il n'y a point de ma faute : je n'ai contribué en rien à tout ce qui est arrivé ; & une marque de cela, c'est que depuis ce tems-là je n'ai entendu parler de Monsieur de Valville que d'aujourd'hui : il ne m'a donné sa Lettre que cet après-midi ; encore ne me l'a-t-il rendue que par finesse.

Je n'eus pas plutôt lâché ce dernier mot, que j'en sentis toute la conséquence. C'étoit engager Madame de Miran à m'en demander l'explication : & le déguisement de Valville étoit un article, que j'aurois peut-être pû soustraire à sa connoissance, sans blesser la sincérité dont je me piquois avec elle ; & j'étois indiscrette, à force de candeur.

Mais, enfin, le mot étoit dit, & Madame de Miran n'avoit plus besoin que je l'expliquasse ; elle sçavoit déja ce qu'il signifioit. Par finesse ! me répondit-elle. Je suis donc au fait : & voici comment.

C'est qu'en sortant de carosse dans la cour du Couvent, j'ai vû par hazard un jeune homme en livrée, qui descendoit de ce parloir-ci, & j'ai trouvé qu'il ressembloit tant à mon fils, que j'en ai été frappée ; j'ai même pensé

 vous

vous le dire, Madame: à la fin, pourtant, j'ai regardé cela comme une chose singuliere à laquelle je n'ai plus fait d'attention; mais, à present, Marianne, que je sçai que mon fils vous aime, je ne doute pas, qu'au lieu d'un homme qui lui ressembloit, ce ne soit lui-même que j'ai vû tantôt. N'est-il pas vrai?

Hélas! Madame, lui dis-je après avoir hésité un instant, à peine arrivoit-il quand vous êtes venue. J'ai pris sa Lettre sans le regarder; & je ne l'ai reconnu qu'à un regard qu'il m'a jetté en partant: je me suis écriée de surprise; on vous a annoncée, & il s'est retiré.

Du caractere dont il est, dit alors Madame de Miran, en parlant à son amie, il faut que Marianne ait fait une prodigieuse impression sur son cœur. Voyez à quoi il a pû se résoudre, & quelle démarche: prendre une livrée!

Ouï, reprit Madame Dorsin, cette action-là conclut, qu'il l'aime beaucoup assurément: & voilà une physionomie, qui le conclut encore mieux.

Mais, ce mariage qui est presqu'arrêté, Madame, dit ma bienfaictrice; cet engagement, que j'ai pris de son pro-

propre aveu ; comment s'en tirer ? Jamais Valville ne terminera. Je vous dirai plus, c'eſt que je ſerois fachée, qu'il épouſât cette fille, prévenu d'une auſſi forte paſſion que celle-ci me le paroit. Oh ! comment le guérir de cette paſſion ?

L'en guérir, nous aurions de la peine, repartit Madame Dorſin : mais, je crois qu'il ſuffira de rendre cette paſſion raiſonnable ; & nous le pourrons avec le ſecours de Mademoiſelle. C'eſt un bonheur, que nous ayons affaire à elle : nous venons de voir un trait du caractere de ſon cœur, qui prouve de quoi ſa tendreſſe & ſa reconnoiſſance la rendront capable pour une mere comme vous. Or, pour déterminer votre fils à remplir vos engagemens & les ſiens, il ne s'agit de la part de votre fille, que d'un procédé qui ſera bien digne d'elle : c'eſt qu'il eſt ſeulement queſtion, qu'elle lui parle elle-même ; il n'y a qu'elle, qui puiſſe lui faire entendre raiſon. Il vous obéiroit pourtant ſi vous l'exigiez, j'en ſuis perſuadée : il vous reſpecte trop, pour ſe révolter contre vous ; mais, comme vous dites fort bien, vous ne voulez pas le forcer, & vous pen-

pensez juste : vous n'en feriez qu'un homme malheureux ; qui le deviendroit par complaisance pour vous, & qui ne se consoleroit pas de l'être devenu ; parce qu'il diroit toujours, je pouvois ne pas l'être : au lieu que Marianne, par mille raisons sans replique, qu'elle sçaura lui dire avec douceur, qu'elle peut même paroître lui dire avec regret, en fera un homme bien convaincu qu'il l'aimeroit en vain, qu'elle n'est pas en état de l'aimer, & par-là lui calmera le cœur, & le consolera de la nécessité où il s'est mis d'épouser la jeune personne qu'on lui destine ; de sorte qu'alors ce sera lui qui se mariera, & non pas vous qui le marierez. Voilà ce qui m'en semble.

C'est fort bien dit, reprit Madame de Miran ; & votre idée est très-bonne : j'y ajouterai seulement une chose.

Ne seroit-il pas à propos, pour achever de lui ôter toute esperance, que ma fille feignît de vouloir être Religieuse, & ajoutât même, qu'à cause de sa situtation, elle n'a point d'autre parti à prendre. Ce que je dis-là ne signifie rien, au moins, Marianne, me dit-elle en s'interrompant ; ne croyez pas, que ce soit pour vous insinuer de quit-

quitter le monde: j'en ſuis ſi éloignée, qu'il faudroit que je vous viſſe la vocation la plus marquée & la plus invincible, pour y conſentir; tant j'aurois peur que ce ne fût ſimplement que votre peu de fortune, ou l'inquiétude de l'avenir, ou la crainte de m'être à charge, qui vous y engageât: entendez-vous, ma fille? Ainſi, ne vous y trompez pas: je n'enviſage ici que mon fils; je ne prétens que vous indiquer le moyen de l'amener à mes fins, & de l'aider à ſurmonter un amour, que vous ne méritez que trop qu'il ait pour vous, qu'il ſeroit trop heureux d'avoir pris, & dont je ſerois charmée moi-même, ſans les uſages & les maximes du monde, qui, dans l'infortune où vous êtes, ne me permettent pas d'y acquieſcer. Hélas! cependant, que vous manque-t-il? Ce n'eſt, ni la beauté, ni les graces, ni la vertu, ni le bon eſprit, ni l'excellent cœur: & voilà pourtant tout ce qu'il y a de plus rare, de plus précieux. Voilà les vraies richeſſes d'une femme dans le mariage: & vous les avez à profuſion; mais, vous n'avez pas vingt mille livres de rente. On ne feroit aucune alliance en vous épouſant. On ne connoit point vos parens, qui nous feroient peut-être beaucoup d'honneur. Et les hommes, qui sont sots, qui pensent mal, & à qui pourtant je dois compte de mes actions là-dessus, ne pardonnent point aux disgraces dont vous souffrez, & qu'ils appellent des défauts.

La Raison vous choisiroit : la Folie des Usages vous rejette.

Tout ce détail, je vous le fais par amitié, & afin que vous ne regardiez pas les secours que je vous demande contre l'Amour de Valville, comme un sujet d'humiliation pour vous.

Eh ! mon Dieu ! Madame, ma chere Mere, (puisque vous m'accordez la permission de vous appeller ainsi,) que vous êtes bonne & généreuse, m'écriai-je, en me jettant à ses genoux, d'avoir tant d'attention, tant de ménagement, pour une pauvre fille, qui n'est rien, & qu'une autre personne que vous ne pourroit plus souffrir ! Eh ! mon Dieu ! où serois-je, sans la charité que vous avez pour moi ? Songez-vous, que sans ma mere j'aurois actuellement la confusion de demander ma vie à tout le monde ? Et, malgré cela, vous avez peur de m'humilier ! Y a-t'il encore sur la terre un cœur comme le vôtre ?

Eh !

Eh! ma fille, s'écria-t'elle à ſon tour, qui eſt-ce qui n'auroit pas le cœur bon avec toi? Chere enfant, tu m'enchantes! Oh! elle vous enchante, à la bonne heure, dit alors Madame Dorſin: mais, finiſſez toutes deux; car, je n'y ſçaurois tenir: vous m'attendriſſez trop.

Revenons donc à ce que nous diſions, reprit ma bienfaictrice. Puisque nous décidons qu'elle parlera à Valville, attendra-t'elle qu'il revienne la voir; ou, pour aller plus vîte, ne vaut-il pas mieux qu'elle lui écrive de venir?

Sans difficulté, dit Madame Dorſin, qu'elle écrive; mais, je ſuis d'avis auparavant, que nous ſçachions ce qu'il lui dit dans la Lettre que vous tenez, & que vous avez lûe tout bas: c'eſt ce qui reglera ce que nons devons faire. Oui, dis-je auſſi d'un air ſimple & naïf; il faut voir ce qu'il penſe, d'autant plus que j'ai oublié de vous dire, que je lui écrivis le jour que je vins ici, une heure avant que d'y entrer. Eh! pourquoi, Marianne? me dit Madame de Miran.

Hélas! par neceſſité, Madame, répondis-je. C'eſt que je lui envoyois un paquet, où il y avoit une robe que je n'ai miſe qu'une fois, du linge, &

quelque argent: & comme je ne voulois point garder ces vilains présens; que je ne sçavois point la demeure de cet homme riche qui me les avoit donnez, de cet homme de considération dont je vous ai parlé, qui avoit fait semblant de me mettre par piété chez Madame Dutour, & qui avoit pourtant des intentions si malhonnêtes; j'écrivis à M. de Valville, qui sçavoit où il demeuroit, pour le prier d'avoir la bonté de lui faire tenir le paquet de ma part.

Eh! par quel hazard dit Madame de Miran, mon fils sçavoit-il donc la demeure de cet homme-là?

Eh! Madame, vous allez encore être étonnée, répondis-je: il la sçait, parceque c'est son oncle. Quoi! reprit-elle, Monsieur de Climal? C'est lui-même, repris-je. C'étoit à lui, que ce bon Religieux, dont je vous ai parlé, m'avoit menée; & ce fut chez vous, que j'appris qu'il étoit l'oncle de M. de Valville, parce qu'il y vint une demie-heure aprés qu'on m'y eût porté le jour de ma chûte: & ce fut lui aussi, que M. de Valville surprit l'aprés-midi à mes genoux chez la Marchande de Linge, dans l'instant qu'il m'entretenoit de son amour pour la premiere fois, & qu'il vou-

vouloit, disoit-il, me loger dès le lendemain bien loin de-là, afin de me voir plus en secret, & de m'éloigner du voisinage de M. de Valville.

Juste Ciel! que m'apprenez-vous! s'écria-t'elle. Quelle foiblesse dans mon frere! Madame, ajouta-t'elle à son amie, au Nom de Dieu, ne dites mot de ce que vous venez d'entendre. Si jamais une Avanture comme celle-là venoit à être sçûe, jugez du tort qu'elle feroit à M. de Climal, qui passe pour un homme plein de vertu, & qui en effet en a beaucoup, mais qui s'est oublié dans cette occasion-ci. Le pauvre homme! à quoi songeoit-il? Allons, laissons cela: ce n'est pas de quoi il est question; voyons la Lettre de mon fils.

Elle la rouvrit; mais, dit-elle tout de suite, en s'arrétant, il me vient un scrupule: faisons-nous bien de la lire devant Marianne? Peut-être aime-t'elle Valville. Il y a dans ce billet-ci beaucoup de tendresse: elle en sera touchée; & n'en aura que plus de peine à nous rendre le service que nous lui demandons. Dis-nous, ma chere enfant, n'y a-t'il point de risque: qu'en devons-nous croire; aimes-tu mon fils?

Il

Il n'importe, Madame, répon-dis-je: cela n'empêchera pas que je ne lui parle comme je le dois.

Il n'importe! dis-tu? Tu l'aimes donc, ma fille? reprit-elle en souriant. Oui, Madame, lui dis-je; c'est la vérité: j'ai pris d'abord de l'inclination pour lui, tout d'abord, sans sçavoir que c'étoit de l'amour. Je n'y songeois pas; j'avois seulement du plaisir à le voir: je le trouvois aimable; & vous sçavez que je n'avois point tort, car il l'est beaucoup. C'est un jeune homme si doux, si bien fait, qui vous ressemble tant; & je vous ai aimée aussi dès que je vous ai vûe: c'est la même chose. Madame Dorsin & elle se mirent à rire là-dessus. Je ne me lasse point de l'entendre, dit la premiere; & je ne pourrai plus me passer de la voir: elle est unique.

Ouï, j'en conviens, repartit ma bienfaictrice; mais, je vais pourtant la quereller d'avoir dit à mon fils, qu'elle l'aimoit; à cause que c'est un discours indiscret.

Ah! mon Dieu! Madame, jamais; m'écriai-je. Il n'en sçait rien; je n'en ai pas ouvert la bouche. Est-ce qu'une fille ose dire à un homme qu'elle l'aime? A une Dame, encore passe; il n'y 'y a pas de mal: mais, Monſieur de Valville n'en a pas le moindre ſoupçon, à moins qu'il ne l'ait deviné. Et quand il s'en douteroit, cela ne lui ſervira de rien, Madame ; vous le verrez: je vous le promets; ne vous embarraſſez point. Eh bien oui, il eſt aimable: il faudroit être aveugle pour ne le pas voir ; mais, qu'eſt-ce que cela fait ? C'eſt tout comme s'il ne l'étoit pas plus qu'un autre; je vous aſſure: je n'y prendrai pas garde ; & je ſerois bien ingrate d'en agir autrement.

Ah! ma chere fille, me dit Madame de Miran, il te ſera bien difficile de réſoudre ce cœur-là à renoncer à toi: plus je te vois, plus je deſeſpere que tu le puiſſes. Eſſayons pourtant, & voyons ce qu'il t'écrit.

La Lettre étoit courte; & la voici, autant que je puis m'en reſſouvenir.

Il y a trois ſemaines que je vous cherche, Mademoiſelle, & que je me meurs de douleur. Je n'ai pas deſſein de vous parler de mon Amour ; il ne mérite plus que vous l'écoutiez : je ne veux que me jetter à vos pieds, que vous montrer l'affliction où je ſuis de vous avoir offenſée; je ne veux que vous de-

man-

mander pardon, non pas dans l'eſpérance de l'obtenir, mais afin que vous vous vangiez en me le refuſant. Vous ne ſçavez pas combien vous pouvez me punir; il faut que vous le ſçachiez: je ne demande que la conſolation de vous l'apprendre.

C'étoit-là à peu près ce que contenoit la Lettre: elle me pénétra; & j'avoue que mon cœur en ſecret n'en perdit pas un mot. Je crois même que Madame de Miran s'en apperçut; car, elle me dit, en me regardant, Ma fille, ce billet vous touche, n'eſt-ce pas? Je ne dirai point que non, ma Mere; je ne ſçai point mentir, répondis-je. Ne craignez rien pourtant: je n'en ferai pas mon devoir avec moins de courage; au contraire.

Mais, repartit-elle, de quelle offenſe parle-t'il donc? De la mauvaiſe Opinion qu'il témoigna avoir de moi, quand il trouva M. de Climal à mes genoux, répartis-je: &, depuis qu'il a reçu ma Lettre, où je le priois de remettre le paquet de hardes à ſon oncle, il a bien vû, qu'il s'étoit trompé ſur mon compte, & que j'étois innocente; & voilà pourquoi il a mis qu'il m'a offenſée.

Sur

Sur ce pied-là, dit Madame Dorsin, ce qu'il lui écrit marque bien autant de probité que d'amour. J'aime à le voir rendre justice à la vertu de Marianne; c'est le procedé d'un honnête homme: &, plus il estime votre fille, moins elle aura de peine à l'amener à ce que la raison & la conjoncture présente exigent qu'il fasse; comptez là-dessus.

Vous me persuadez, répondit ma bienfaictrice: mais, il est tems de nous retirer; finissons. Nous convenons donc que Marianne écrira à Valville. Il ne s'agit que d'un mot, lui dis-je; & je puis tout à l'heure l'écrire devant vous, Madame: voici de l'encre & du papier dans ce Parloir.

Eh bien soit, ma fille; écri, tu as raison: une ligne suffira. Et sur le champ je fis ce billet-ci.

Je n'ai pû vous parler tantôt, Monsieur, & j'aurois pourtant quelque-chose à vous dire.

Mais, ma Mere, quand le prierai-je de venir? dis-je alors à Madame de Miran, en m'interrompant.

Demain à onze heures du matin, me répondit-elle.

Et je vous ſerois obligée, ajoutai-je en en continuant d'écrire, *de venir ici demain à onze heures du matin : je vous attendrai. Je ſuis* ... & toujours *Marianne* au bas.

Je mis deſſus le billet l'Adreſſe telle que ma bienfaictrice me la dicta : elle ſe chargea de le cacheter, & de le faire porter par quelque domeſtique du Couvent, à qui elle parleroit en s'en retournant ; & je le lui donnai.

Je t'avertis que je me trouverai auſſi au rendez-vous, ma fille, me dit-elle, lorſqu'elle me quitta. J'y arriverai ſeulement quelques inſtans après lui, pour te laiſſer le tems de lui dire, que je t'ai rencontrée dans ce Couvent ; que c'eſt moi qui t'y ai miſe en penſion ; & que dans nos entretiens le hazard t'a appris que j'étois ſa mere ; que je t'ai dit qu'il me chagrinoit ; que, depuis qu'il avoit vû une jeune perſonne, qu'on avoit portée chez moi, & dont tu ajouteras que je t'ai conté l'Hiſtoire, il refuſoit de terminer un mariage qui étoit arrêté. Je me montrerai là-deſſus, comme ſi j'arrivois pour te voir ; & puis ce ſera à toi, ma fille, à achever le reſte. Adieu, Marianne, juſqu'à demain. Adieu, ma chere enfant, me dit auſſi Madame Dorſin. Je ſuis votre bonne amie

amie au moins, ne l'oubliez pas: jusqu'au revoir, & ce sera bien-tôt. Je veux qu'au premier jour elle vienne dîner avec vous chez moi, Madame: & si vous ne me l'amenez pas, je viendrai la chercher, je vous avertis.

Je serai de la partie la premiere fois, dit Madame de Miran: après quoi, je vous la laisserai tant qu'il vous plaira.

Je ne répondis à tout cela que par un souris, & par une profonde révérence: elles s'en allerent, & je restai dans une situation d'esprit assez paisible.

Qui m'auroit vûe m'auroit crû triste; &, dans le fonds, je ne l'étois pas: je n'avois que l'air de l'être; &, à me bien définir, je n'étois qu'attendrie.

Je soupirois pourtant comme une personne qui auroit eu du chagrin: peut-être même croyois-je en avoir, à cause de la disposition des choses; car, enfin, j'aimois un homme auquel il ne falloit plus penser, & c'étoit-là un sujet de douleur: mais, d'un autre côté, j'en étois tendrement aimée, de cet homme, & c'est une grande douceur; avec cela, on est du moins tranquille ſur ce qu'on vaut, on a les honneurs eſſentiels d'une avanture, & on prend patience ſur le reſte.

D'ailleurs, je venois de m'engager à quelque choſe de ſi genereux, je venois de montrer tant de raiſon, tant de franchiſe, tant de reconnoiſſance; de donner une ſi grande idée de mon cœur; que ces deux Dames en avoient pleuré d'admiration pour moi. Oh! voyez avec quelle complaiſance je devois regarder ma belle ame, & combien de petites vanitez interieures devoient m'amuſer, & me diſtraire du ſouci que j'aurois pû prendre.

Mais, venons aux ſuites de cet événement, & paſſons au lendemain.

Sans doute que ma Lettre fut exactement rendue à Valville. C'étoit à onze heures du matin que je l'attendois au Couvent, & il ne manqua pas d'y arriver à l'heure préciſe.

La premiere fois qu'il m'y avoit vûe, à ce qu'il m'a dit depuis, il avoit crû néceſſaire de ſe traveſtir, par deux raiſons. L'une étoit, qu'après l'inſulte qu'il m'avoit faite, je refuſerois de lui parler, s'il me demandoit ſous ſon nom. L'autre, que l'Abbeſſe voudroit peut-être ſçavoir ce qui l'amenoit, & qui il étoit

toit, avant que de me permettre de le voir: au lieu que toutes ces difficultez n'y ſeroient plus, dès qu'il paroîtroit ſous la figure d'un domeſtique, qui venoit même de la part de Madame de Miran; car c'étoit une précaution qu'il avoit priſe.

Mais, cette fois-ci, il comprit bien par la teneur de mon billet qui étoit ſimple, que je le diſpenſois de tout déguiſement, & qu'il n'en étoit pas beſoin.

Il m'a avoüé depuis, que le peu de façon que j'y faiſois l'avoit inquiété; &, effecctivement, ce n'étoit pas trop bon ſigne: une pareille viſite n'avoit plus l'air d'intrigue; elle étoit trop innocente, pour promettre quelque choſe de bien favorable.

Quoi qu'il en ſoit, onze heures venoient de ſonner, quand l'Abbeſſe ellemême vint m'annoncer Valville.

Allez, Marianne, me dit-elle, c'eſt le fils de Madame de Miran qui vous demande: elle me dit hier, après qu'elle vous eût quittée, qu'il viendroit vous voir; il vous attend.

Le cœur me battit, dès que j'appris qu'il étoit-là: je vous ſuis bien obligée, Madame, répondis-je, j'y vais; & je partis. Mais, je marchai lente-

 ment,

ment, pour me donner le tems de me raſſurer.

J'allois ſoûtenir une terrible ſcene: je craignois de manquer de courage, je me craignois moi-même, j'avois peur que mon cœur ne ſervît lâchement ma bienfaictrice.

J'oubliois encore de vous parler d'un article qui me faiſoit honneur.

C'eſt que j'étois reſtée dans mon negligé, je dis dans le negligé où je m'étois laiſſée en me levant; point d'autre linge que celui avec lequel je m'étois couchée; linge aſſez blanc, mais toûjours flétri, qui ne vous pare point quand vous êtes aimable, & qui vous dépare un peu quand vous ne l'êtes point.

Joignez-y une robe à l'avenant, & qui me ſervoit le matin dans ma chambre. Je n'avois, en un mot, que les graces que je n'avois pû m'ôter, c'eſt-à-dire, celles de mon âge & de ma figure, avec leſquelles je pourrai encore me ſoûtenir, me diſois-je bien ſecretement en moi-même, & ſi ſecretement que je n'y faiſois pas d'attention, quoique cela m'aidât à renoncer aux agrémens que je ne me donnois pas, & dont je faiſois un ſacrifice à Madame de Miran.

Ce n'eſt pas qu'elle eût ſongé à me dire, Ne vous ajuſtez point ; mais je ſuis ſûre, que, dès qu'elle m'auroit vûe ajuſtée, elle auroit tout d'un coup ſongé que je ne devois pas l'etre.

Enfin, je parus, me voilà dans le Parloir, où je trouvai Valville.

Qu'il étoit bien mis, lui, qu'il avoit bonne mine! Helas! qu'il avoit l'air tendre & reſpectueux! Que je lui ſentis d'envie de me plaire, & qu'il étoit flâteur pour une fille comme Marianne, de voir qu'un homme comme lui mît ſa fortune à trouver grace devant elle! Car, ce que je dis-là étoit écrit dans ſes yeux: Valville ne ſembloit reſpirer que ce ſentiment-là.

Il tenoit une lettre à la main: c'étoit la mienne, celle où je lui avois mandé de venir.

Je ne ſçai, dit-il, en me montrant cette lettre qu'il baiſa, ſi je dois me réjouïr, ou m'affliger, de l'ordre que j'ai reçû de votre part dans ce billet; mais, je n'y obéïs pas ſans inquiétude.

Et il falloit voir avec quelle timidité, avec quel air de défiance ſur ſon ſort, il me tenoit ce diſcours.

Monſieur, lui répondis-je, extrémement émûe de tout ce que ſon abord

 avoit

avoit de tendre & de charmant, aſſoyez-vous.

Il fallut enſuite, que je repriſſe haleine ; il s'aſſit.

Ouï, Monſieur, continuai-je, d'une voix encore un peu tremblante. J'ai à vous parler. Eh bien, Mademoiſelle, repartit-il, tout tremblant à ſon tour, de quoi s'agit-il ; que m'annoncez-vous par ce début ? Votre Abbeſſe ſçait apparemment la viſite que je vous rends ?

Ouï, Monſieur, lui dis-je : c'eſt elle-même, qui, en vous nommant, eſt venue m'avertir que vous me demandiez.

En me nommant ! s'écria-t'il. Eh comment cela ſe peut-il ? Je ne la connois point ; je ne l'ai jamais vûe : vous lui avez donc dit qui j'étois ; vous êtes donc convenues enſemble que vous m'enverriés chercher ?

Non, Monſieur, je ne lui ai rien confié : tout ce qu'elle ſçavoit, c'eſt que vous deviez venir, & c'eſt une autre que moi qui l'en a inſtruite ; mais, de grace, écoutez-moi.

Vous voulez me perſuader que vous m'aimez, & je crois que vous dites vrai ; mais, quel deſſein pouvez-vous avoir en m'aimant ?

Celui de n'être jamais qu'à vous, me ré-

répondit-il froidement, mais d'un ton ferme & déterminé; celui de m'unir à vous par tous les liens de l'Honneur, & de la Religion. S'il y en avoit de plus forts, je les prendrois; ils me feroient encore plus de plaisir: &, en vérité, ce n'étoit pas la peine de me demander mon dessein; je ne pense pas qu'il puisse en venir d'autre dans l'esprit d'un homme qui vous aime, Mademoiselle. Mes intentions ne sçauroient être douteuses: il ne reste plus qu'à sçavoir si elles vous seront agréables, & si je pourrai obtenir de vous, ce qui sera le bonheur de ma vie.

Quel discours, Madame! Je sentis que les larmes m'en venoient aux yeux. Je crois même que je soupirai: il n'y eut pas moyen de m'en empêcher; mais, je soupirai le plus bas qu'il me fut possible, & sans oser lever les yeux sur lui.

Monsieur, lui dis-je, ne vous ai-je pas dit les malheurs que j'ai essuyés dés mon enfance? Je ne sçai point de qui je suis née, j'ai perdu mes parens sans les conoître, je n'ai ni bien ni famille; & nous ne sommes pas faits l'un pour l'autre: d'ailleurs, il y a encore des obstacles insurmontables.

Je vous entends, me dit-il, de l'air d'un homme consterné: c'est que votre cœur se refuse au mien.

Non, ce n'est point cela, lui dis-je, sans pouvoir poursuivre. Ce n'est point cela, Mademoiselle ? me répondit-il; & vous me parlez d'obstacles ?

Nous en étions-là de notre conversation, quand Madame de Miran entra. Jugez de la surprise de Valville.

Quoi! c'est ma mere! s'écria-t'il en se levant! Ah! Mademoiselle, tout est concerté. Ouï, mon fils, lui dit-elle, d'un ton plein de douceur & de tendresse: nous voulions vous le cacher; mais, je vous l'avoue de bonne-foi. Je sçavois que vous devïez être ici, & nous étions convenues que je m'y rendrois. Ma chere fille, ajouta-t-elle en s'adressant à moi, Valville est-il au fait, l'as-tu instruit ?

Non, ma mere, lui dis-je, fortifiée par sa présence, & ranimée par la façon affectueuse dont elle me parloit devant lui. Non, je n'ai pas eu le tems. Monsieur ne venoit que d'entrer: & notre entretien ne faisoit que commencer, quand vous êtes arrivée: mais, je vais lui conter tout devant vous, ma mere.

Et,

Et, ſur le champ, Vous voyez, Monſieur, dis-je à Valville, qui ne ſçavoit ce que nous voulions dire, avec ces noms que nous nous donnions: vous voyez comment Madame de Miran me traite; ce qui vous marque bien les bontez qu'elle a pour moi, & même les obligations que je lui ai. Je lui en ai tant, que cela n'eſt pas croyable: & vous ſeriez le premier à dire, que je ſerois indigne de vivre, ſi je ne vous conjurois pas de ne plus ſonger à moi. Valville, à ces mots, baiſſa la tête, & ſoupira.

Attendez, Monſieur, attendez, repris-je: c'eſt vous-même, que je prens pour juge dans cette occaſion-ci.

Il n'y a qu'à conſiderer qui je ſuis. Je vous ai déja dit, que j'ai perdu mon pere & ma mere: ils ont été aſſaſſinés dans un voyage dont j'étois avec eux dès l'âge de deux ans; &, depuis ce tems, voici, Monſieur, ce que je ſuis devenue. C'eſt la ſœur d'un Curé de Campagne, qui m'a élevée par compaſſion. Elle eſt venue à Paris avec moi pour une ſucceſſion qu'elle n'a pas recueillie: elle y eſt morte, & m'y a laiſſée ſeule & ſans ſécours dans une Auberge. Son Confeſſeur, qui eſt un bon Religieux, m'en a tirée pour me présenter à Monsieur de Climal votre oncle. Monsieur de Climal m'a mise chez une Lingere, & m'y a abandonnée au bout de trois jours : je vous ai dit pourquoi, en vous priant de lui remettre ses presens. La Lingere me dit qu'il falloit prendre mon parti : je sortis, pour informer ce Religieux de mon état ; & c'est en revenant de chez lui, que j'entrai dans l'Eglise de ce Couvent-ci, pour cacher mes pleurs qui me suffoquoient. Ma mere, qui est presente, y arriva après moi ; & c'est une grace que Dieu m'a faite. Elle me vit pleurer dans un confessionnal : je lui fis pitié ; & je suis pensionnaire ici depuis le même jour. C'est elle, qui paye ma pension, qui m'a habillée, qui m'a fournie de tout abondamment, magnifiquement, avec des manieres, des tendresses, des caresses, qui font que je ne sçaurois y penser sans fondre en larmes. Elle vient me voir, elle me parle, elle me chérit, & en agit avec moi comme si j'étois votre sœur : elle m'a même deffendu de songer que je suis orpheline, & elle a bien raison ; je ne dois plus me ressouvenir que je le suis : cela n'est plus vrai. Il n'y a peut-être point de fille avec la meilleure mere

mere du monde, qui ſoit ſi heureuſe que moi. Ma bienfaictrice, & ſon fils, à cet endroit de mon diſcours me parurent émus juſqu'aux larmes

Voilà ma ſituation, continuai-je, voilà où j'en ſuis avec Madame de Miran. Vous, qui, à ce qu'on dit, étes un jeune-homme plein de raiſon & de probité, comme il me l'a ſemblé auſſi, parlez-moi en conſcience, Monſieur: vous m'aimez; que me conſeillez-vous de faire de votre amour, après ce que je viens de vous dire? Il faut regarder, que les malheureux, à qui on fait la charité, ne ſont pas ſi pauvres que moi: ils ont du moins des freres, des ſœurs, ou quelques autres parens, ils ont un pays, ils ont un nom avec des gens qui les connoiſſent; & moi, je n'ai rien de tout cela: n'eſt-ce pas-là être plus miſerable & plus pauvres qu'eux?

Va, ma fille, me dit Madame de Miran, acheve, & ne t'arrête point là-deſſus. Non, ma mere, repris-je, laiſſez-moi dire tout: je ne dis rien que de vrai, Monſieur; &, cependant, vous me demandez mon cœur, pour m'épouſer. Ne feroit-ce pas-là un beau préſent que je vous ferois, ne feroit-ce pas une cruauté à moi, que de vous le don-

donner ? Eh! mon Dieu! quel cœur vous donnerois-je, ſinon celui d'une évaporée, d'une fille ſans jugement, ſans conſidération pour vous ? Il eſt vrai que je vous plais : mais, vous ne vous attachez pas à moi, ſeulement à cauſe que je ſuis jolie ; ce ne ſeroit pas la peine : & apparamment que vous me croyez d'un bon caractere ; &, en ce cas, comment pouvez-vous eſperer, que je conſente à un amour qui vous attireroit le blâme de tout le monde, qui vous brouilleroit avec toute une famille, avec tous vos amis, avec tous les gens qui vous eſtiment, & avec moi auſſi. Car, quel repentir n'auriez-vous pas, quand vous ne m'aimeriez plus, & que vous vous trouveriés le mary d'une femme, qui ſeroit mocquée, que perſonne ne voudroit voir, & qui ne vous auroit apporté que du malheur & que de la honte? Encore n'eſt-ce rien que tout ce que je dis là, ajoutai-je avec un attendriſſement qui me fit pleurer. A preſent, que je ſuis ſi obligée à Madame de Miran, quelle méchante créature ne ſerois-je pas, ſi je vous épouſois ? Pourriez-vous ſentir autre choſe pour moi que de l'horreur, ſi j'en étois capable ? Y auroit-il rien de ſi abominable

ble que moi ſur la terre, ſur-tout dans l'occurrence où je ſçais que vous êtes? Car, je ſuis informée de tout. Ma mere me vint voir hier à ſon ordinoire, elle étoit triſte : je lui demandai ce qu'elle avoit : elle me dit que ſon fils la chagrinoit: je l'écoutois, ſans m'attendre que je ſerois mêlée là-dedans: elle me dit auſſi, qu'elle avoit toujours été fort contente de ce fils, mais qu'elle ne le reconnoiſſoit plus depuis qu'il avoit vû une certaine jeune fille: là-deſſus, elle me conta notre Hiſtoire. Et cette jeune fille, qui vous dérange, qui fait que vous manquez à votre parole, qui afflige aujourd'hui ma mere, qui lui a ôté le bon cœur & la tendreſſe de ſon fils, il ſe trouve que c'eſt moi, Monſieur; que c'eſt cette penſionnaire, qu'elle fait vivre, & qu'elle accable de bienfaits. Après cela, Monſieur, voyez, avec l'honneur, avec la probité, avec le cœur eſtimable, tendre, & genereux, que vous avez coutume d'avoir; voyez, ſi vous ſouhaitez encore que je vous aime, & ſi vous-même vous auriez le courage d'aimer un monſtre comme j'en ſerois un, ſi j'écoutois votre amour. Non, Monſieur: vous êtes touché de ce que je vous

ap-

apprends : vous pleurez ; mais, ce n'eſt plus que de tendreſſe pour ma mere, & que de pitié pour moi : non, ma mere, vous ne ſerez plus, ni triſte, ni inquiete. Monſieur de Valville ne voudra pas que je ſois davantage le ſujet de votre chagrin ; c'eſt une douleur, qu'il ne me fera pas à moi-même : je ſuis bien ſûre, qu'il ne troublera plus le plaiſir que vous avez à me ſecourir ; il y ſera ſenſible au contraire, il voudra y avoir part : il m'aimera encore, mais comme vous m'aimez : il épouſera la Demoiſelle en queſtion ; il l'épouſera, à cauſe de lui-même qui le doit, à cauſe de vous qui lui avez procuré ce parti pour ſon bien, & à cauſe de moi qui l'en conjure comme de la ſeule marque qu'il peut me donner que je lui ai été veritablement chere. C'eſt une conſolation, qu'il ne refuſera pas à une fille qui ne ſçauroit être à lui, mais qui ne ſera jamais à perſonne, & qui de ſon côté ne refuſe pas de lui dire, que ſi elle avoit été riche & ſon égale, elle avoit ſi bonne opinion de lui, qu'elle l'auroit préféré à tous les hommes du monde. C'eſt une conſolation, que je veux bien lui donner à mon tour ; & je n'y ai pas de re-

regret, pourvû qu'il vous contente.

Je m'arrêtai alors, & me mis à essuyer les pleurs que je versois. Valville, toujours la tête baissée, & plongé dans une profonde rêverie, fut quelque tems sans répondre. Madame de Miran le regardoit, & attendoit, la larme à l'œil, qu'il parlât. Enfin, il rompit le silence: &, s'adressant à ma bienfaictrice,

Ma mere, lui dit-il, vous voyez ce que c'est que Marianne. Mettez-vous à ma place: jugez de mon cœur par le vôtre. Ai-je eu tort de l'aimer: me sera-t-il possible de ne l'aimer plus; ce qu'elle vient de me dire est-il propre à me détacher d'elle? Que de vertus, ma mere! & il faut que je la quitte. Vous le voulez, elle m'en prie, & je la quitterai: j'en épouserai une autre, je serai malheureux, j'y consens; mais, je ne le serai pas long-tems.

Ses pleurs coulérent après ce peu de mots; il ne les retint plus: elles attendrirent Madame de Miran, qui pleura comme lui, & qui ne sçut que dire: nous nous taisions tous trois, on n'entendoit que des soupirs.

Eh! Seigneur! m'écriai-je, avec amour, avec douleur, avec mille mouvemens confus que je ne sçaurois expliquer.

quer. Eh! mon Dieu! Madame, pour quoi m'avez-vous rencontrée? Je ſuis au deſeſpoir d'être au monde, & je prie le Ciel de m'en retirer. Hélas! me dit triſtement Valville, de quoi vous plaignez vous? Ne vous ai-je pas dit que je vous quitte?

Ouï, vous me quittez, lui répondis-je; mais, en me le diſant, vous deſolez ma mere, vous la faites mourir, vous la menacez d'être malheureux; & vous voulez qu'elle ſe conſole! Vous demandez de quoi nous avons à nous plaindre? Eh! qu'exigez-vous de plus que ce que je vous ai dit? Quand on eſt genereux, qu'on eſt raiſonnable, n'y a-t-il pas des choſes auſquelles il faut ſe rendre? Eh bien, vous ne m'épouſerez pas; mais, c'eſt Dieu qui ne l'a pas permis: mais, je n'épouſerai perſonne, & vous me ſerez toujours cher, Monſieur. Vous ne me perdez point, je ne vous perds point non plus: je ſerai Religieuſe; mais, ce ſera à Paris, & nous nous verrons quelquefois. Nous aurons tous deux la même mere, vous ſerez mon frere, mon bienfaicteur, le ſeul ami que j'aurai ſur la terre, le ſeul homme que j'y aurai eſtimé, & que je n'oublierai jamais.

Ah ! ma mere ! s'écria encore Valville, en tombant subitement aux genoux de Madame de Miran, je vous demande pardon des pleurs que je vous vois répandre, & dont je suis cause. Faites de moi ce qu'il vous plaira; vous êtes la maîtresse : mais, vous m'avez perdu, vous avez mis le comble à mon admiration pour elle, en m'attirant ici; je ne sçais plus où j'en suis. Ayez pitié de l'état où je me trouve. Tout ceci me déchire le cœur. Emmenez-moi, sortons : j'aime mieux mourir, que de vous affliger; mais vous, qui avez tant de tendresse pour moi, que voulez-que je devienne?

Hélas! mon fils ! que veux-tu que je te réponde? lui dit cette Dame. Il faudra voir, je te plains, je t'excuse, vous me touchez tous deux; & je t'avoüe, que j'aime autant Marianne, que tu l'aimes toi-même. Leve-toi, mon fils. Ceci n'a pas réüssi comme je le croiois. Ce n'est pas sa faute : je lui pardonne l'amour que tu as pour elle; & si tout le monde pensoit comme moi, je ne serois guéres embarrassée, mon fils.

A ces dernieres mots, dont Valville comprit tous le sens favorable, il se rejetta à genoux, lui prit une main qu'il baiſa mille fois ſans parler. Eh bien, Madame, lui dis-je, m'aimerez-vous encore? Y a-t-il d'autre remede, que de m'abandonner?

Le Ciel m'en preſerve, ma chere enfant, me répondit-elle. Que viens tu me dire? Va, encore une fois, ſois tranquille. Je ſuis contente de toi, mon fils, ajouta-t-elle d'un air de bonté qui me ravit encore: je ne te preſſe plus de terminer le mariage en queſtion. Cela va me brouiller avec d'honnêtes gens; mais, je t'aime encore mieux qu'eux.

Vous me rendez la vie, repartit Valville. Je ſuis le plus heureux de tous les fils. Mais, ma mere, que ferez-vous de Marianne? Ne me permettez-vous pas de la voir quelquefois? Mon fils, lui répondit-elle, tu me demandes plus que je ne ſçais. Laiſſe-moi y rêver: nous verrons. Conſentez du moins que je l'aime, ajouta-t-il.

Eh! juſte Ciel! à quoi ſerviroit-il que je te le deffendiſſe? Aime-la, mon enfant, aime-la: il en arrivera ce qui pourra, reprit-elle.

J'avois pourtant dit, que j'allois être Religieuſe, & je penſai le répéter par excès de zéle; mais, comme Madame de Miran l'oublioit, je m'aviſai tout d'un d'un coup de réfléchir, que je ne devois pas l'en faire ressouvenir.

Je venois de m'épuiser en generosité, il n'y avoit rien que je n'eusse dit pour détourner Valville de m'aimer : mais, s'il plaisoit à Madame de Miran de vouloir bien qu'il m'aimât, si son propre cœur s'attendrissoit jusques-là pour son fils ou pour moi, je n'avois qu'à me taire. Ce n'étoit pas à moi à lui dire, Madame, prenez garde à ce que vous faites : cet excès de désintéressement de ma part n'auroit été, ni naturel, ni raisonnable.

Ainsi, je ne dis mot. Elle se leva. Quelle dangereuse petite fille tu és, Marianne! me dit-elle en se levant. Adieu. Partons, mon fils : & le fils ne cessoit de lui baiser la main qu'il tenoit; ce qui n'étoit pas si mal entendu.

Oüi, oüi, ajoûta-t-elle, je comprens bien ce que cela veut dire; mais, je ne déciderai rien : je ne sçais à quoi me resoudre. Quelle situation! Adieu, il est tard, va dîner ma fille: je te reverrai bien tôt. Je la saluai alors sans rien répondre; & comme je paroissois pleurer, & que je m'essuyois les yeux de mon mouchoir, Pourquoi pleures-tu ? me dit-elle : je n'ai rien à te reprocher ; je ne ſçaurois te ſçavoir mauvais gré d'être aimable. Va t'en, tranquiliſe-toi : donne-moi la main, Valville.

Et, ſur le champ, elle deſcendit l'eſcalier, aidée de ſon fils, qui, par diſcretion, ne me parla que des yeux, & ne prit congé de moi que par une reverence, que je lui rendis d'un air mal aſſuré, & comme une perſonne qui avoit peur de s'émanciper trop & d'abuſer de l'indulgence de la mere en le ſaluant.

Me voilà ſeule, & bien plus agitée que je ne l'avois été la veille lorſque Madame de Miran me quitta.

Auſſi y avoit-il ici matiere à bien d'autres mouvemens. Aime-la, mon enfant, il en arrivera ce qui pourra, avoit dit ma bienfaictrice à ſon fils ; & puis, nous verrons, je ne ſçais que réſoudre, avoit-elle ajouté : &, dans le fonds, c'étoit m'avoir dit à moi-même, Eſperez. Auſſi eſperois-je, mais en me traitant de folle, d'oſer eſperer ſi mal à propos : &, en pareil cas, on ſouffre beoucoup ; il vaudroit mieux ne voir aucune lueur de ſuccès, que d'en voir une ſi foible, qui ne vient flatter l'ame que pour la troubler.

Eſt-

Eſt-ce que j'épouſerois Valville? me diſois-je. Je ne le croyois pas poſſible: & je ſentois pourtant, que ce ſeroit un malheur pour moi, ſi je ne l'épouſois pas. C'eſt-là tout ce que mon cœur avoit gagné aux diſcours incertains de Madame de Miran. N'étoit-ce pas-là le ſujet d'un tourment de plus?

Je n'en dormis point la nuit ſuivante: j'en dormis mal deux ou trois nuits de ſuite; car, je paſſai ttois jours, ſans entendre parler de rien: & ce ne fut pas, s'il m'en ſouvient, ſans un peu de murmure contre ma bienfaictrice.

Que ne ſe détermine-t-elle donc? diſois-je quelquefois: à quoi bon tant de longueur? &, là-deſſus, je crois que je boudois contre elle.

Enfin, le quatriéme jour arriva, & elle ne paroiſſoit point; mais, au lieu d'elle, Valville à trois heures après midi me demanda.

On vint me le dire; & c'étoit me donner la liberté d'aller lui parler. Cependant, je n'en uſai pas. Je l'aimois, & mille fois plus que je ne l'avois encore aimé; j'avois une extrême envie de le voir, une extrême curioſité de ſçavoir

 s'il

s'il n'avoit rien de nouveau à m'apprendre sur notre amour : &, malgré cela, je me retins, je refusai de l'aller trouver, afin que, si Madame de Miran le sçavoit, elle m'en estimât davantage. Ainsi, mon refus n'étoit qu'une ruse : je fis donc prier Valville de trouver bon que je ne le visse point, à moins qu'il ne vint de la part de sa mere ; ce que je ne présumois point, puisqu'elle ne m'avoit pas averti, comme en effet elle ignoroit sa visite.

Valville n'ôsa me tromper, & fut assez sage pour se retirer. Ce trait de prudence rusée me couta extrémement : je commençois à me le reprocher, quand il me fit dire, qu'il me reverroit le lendemain avec Madame de Miran ; & voici à propos de quoi il pouvoit m'en assurer. C'est que, le lendemain, il devoit y avoir une cérémonie dans notre Couvent. Une jeune Religieuse y faisoit sa profession ; & ses parens en avoient invité toute la famille de Valville, la mere, le fils, l'oncle & toute la parenté : ce que j'appris après, & ce que je présumai au moment où je les vis dans l'Eglise.

Vous sçavez, qu'en de pareilles fêtes,

es, les Religieuſes paroiſſent à découvert, & qu'on tire le rideau de leur grille. Obſervez auſſi, que je me mettois ordinairement fort près de cette grille. Madame de Miran étoit arrivée ſi tard avec toute ſa compagnie, qu'elle n'eut que le tems d'entrer tout de ſuite dans l'Egliſe. Je vous ai dit, que j'ignorois qu'elle fut invitée; & ce fut pour moi une agréable ſurpriſe, lorſque je la vis qui traverſoit, pour venir ſe placer près de notre grille. Un Cavalier d'aſſez bonne mine, quoi qu'un peu âgé, lui donnoit la main.

Une file d'autres perſonnes la ſuivoit à ce qu'il me parut: je ne la quittai point des yeux; elle ne me voyoit point encore.

Enfin, elle arrive, & la voilà aſſiſe avec le Cavalier à côté d'elle. Ce fut alors, qu'à travers ceux qui la ſuivoient, je démélai Monſieur de Climal & Valville.

Quoi! Monſieur de Climal! dis-je en moi méme, avec un étonnement, où peut-être entroit-il un peu d'émotion. Ce qui eſt de certain, c'eſt que j'aurois mieux aimé qu'il n'eût point été là. Je ne ſçavois, s'il devoit m'être indifférent qu'il y fût, ou ſi je devois en être fâchée; mais, à tout prendre, ce n'étoit pas une agréable viſion pour moi: j'avois droit de le regarder comme un méchant homme que ma ſeule préſence déconcerteroit.

Encore ne ſeroit-ce rien pour lui, que l'embarras de me voir, en comparaiſon des circonſtances qui alloient s'y joindre, & de confuſion qui alloient l'accabler. Je n'attendois que l'inſtant de faire ma reverence à Madame de Miran ſa ſœur, & Madame de Miran ne manqueroit pas d'y répondre avec cet accueil aiſé, tendre, & familier, qui lui étoit ordinaire. Oh, que penſeroit-il de cette familarité ? Quelles ſuites fâcheuſes n'en pouvoit-il pas prévoir, Madame ? Concevez combien il me trouveroit redoutable pour ſa gloire, & combien un méchant qui vous craint eſt lui même à craindre.

Et tout ce que je vous dis-là m'agitoit confuſément.

Son neveu fut le premier, qui m'apperçut, & qui me ſalua avec je ne ſçais quel air de gayeté & de confiance, qui étoit de bonne augure pour nos affaires. Monſieur de Climal, qui s'aſſoyoit en ce moment, ne le vit point me ſaluer, & parloit au Cavalier qui étoit auprès de Madame de Miran.

Cette

Cette Dame les écoutoit, & ne regardoit point encore du côté des Religieuſes. Enfin, elle jetta les yeux ſur nous, & m'apperçut.

Ce furent auſſi-tôt de profondes reverences de ma part, qui m'attirerent de la ſienne de ces démonſtrations qui ſe font avec la main, & qui ſignifioient, Ah! bon jour, ma chere enfant, te voilà? Son frere, qui tiroit alors de ſa poche une eſpece de Breviaire, remarqua ces demonſtrations, les ſuivit de l'œil, & vit ſa petite Lingere, qui ne paroiſſoit pas avoir beaucoup perdu en le congediant, & dont les ajuſtemens ne devoient pas lui faire regretter le paquet de hardes malhonnêtes qu'elle lui avoit renvoyées.

Ce pauvre homme, (car l'inſtant approche où il meritera que j'adouciſſe mes expreſſions ſur ſon chapitre,) ce pauvre homme, pour qui, par une eſpece de fatalité, je devois toujours être un ſujet d'embarras & d'allarmes, perdit toute contenance en me voyant, & n'eut pas la force de me regarder en face.

Je rougis à mon tour, mais en ennemie hardie & indignée, qui ſe ſent l'avantage d'une bonne conſcience, &

qui a droit de confondre une ame coupable & au-deſſous de la ſienne.

Je doutois s'il me ſalueroit ou non, & il n'en fit rien ; & je l'imitai, par hauteur, par prudence, & même par une ſorte de pitié pour lui : il y avoit de tout cela dans mon eſprit.

Je m'apperçus, que Madame de Miran l'obſervoit, & je ſuis perſuadée qu'elle ſentit bien le deſordre où il ſe trouvoit, tant à cauſe de moi, qu'à cauſe de Valville, que, par bonheur pour lui encore, il croyoit ſeul au fait de ſon indignité. Le Service commença ; il y eut un Sermon, qui fut fort beau, je ne dis pas bon. Ce fut avec la vanité de prêcher élégamment, qu'on nous prêcha la vanité des choſes de ce monde ; & c'eſt-là le vice de nombre de Prédicateurs : c'eſt bien moins pour notre inſtruction, qu'en faveur de leur orgueil, qu'ils prêchent ; de ſorte que c'eſt preſque toujours le péché qui prêche la vertu dans nos chaires.

La cérémonie finie, Madame de Miran me demanda, & vint au parloir avant que de partir : elle n'avoit que ſon fils avec elle ; Monſieur de Climal s'étoit déja retiré. Bon jour, Marianne, me dit-elle : le reſte de ma com-

compagnie m'attend en bas, à l'exception de mon frere qui est parti ; & je ne suis montée, que pour te dire un mot. Voici Valville, qui t'aime toujours, qui me persécute, qui est toujours à mes genoux, pour obtenir que que je consente à ses desseins. Il dit, que je ferois son malheur, si je m'y opposois ; que c'est une inclination insurmontable ; que sa destinée est de t'aimer, & d'être à toi. Je me rends : je ne sçaurois dans le fond condamner le choix de son cœur. Tu és estimable : & c'est assez pour un homme qui t'aime, & qui est riche. Ainsi, mes enfans, aimez-vous, je vous le permets ; toute autre mere que moi n'en agiroit pas de même : suivant les maximes du monde, mon fils fait une folie, & je ne suis pas sage de souffrir qu'il la fasse ; mais il y va, dit-il, du repos de sa vie, & il me faudroit un autre cœur que le mien pour résister à cette raison-là. Je songe que Valville ne blesse point le veritable honneur, qu'il ne s'écarte que des usages établis, qu'il ne fait tort qu'à sa fortune qu'il peut se passer d'augmenter : il assure, qu'il ne sçauroit vivre sans toi ; je conviens de tout le merite qu'il te trouve :

il

il n'y aura dans cette occasion-ci, que les hommes & leurs coutumes de choqués. Dieu, ni la Raison, ne le seront pas. Qu'il poursuive donc : ce sont tes affaires, mon fils ; tu és d'une famille considerable, on ne connoît point celle de Marianne : l'orgueil & l'interêt ne veulent point que tu l'épouse, tu ne les écoutes pas, tu n'en crois que ton amour. Je ne suis à mon tour, ni assez orgueilleuse, ni assez interéssée, pour être inéxorable ; & je n'en crois que ma bonté : tu m'y forces par la ctainte de te rendre malheureux. Je serois reduite à être ton tyran ; & je crois qu'il vaut mieux être ta mere. Je prie le Ciel de benir les motifs qui font que je te cede ; mais, quoiqu'il arrive, j'aime mieux avoir à me reprocher mon indulgence, qu'une infléxibilité dont tu ne profiterois pas, & dont les suites seroient peut-être encore plus tristes.

Valville, à ce discours, pleurant de joye & de reconnoissance, embrassa ses genoux. Pour moi, je fus si touchée, si penetrée, si saisie, qu'il ne me fut pas possible d'articuler un mot : j'avois les mains tremblantes ; & je n'exprimai ce que je sentois, que par de courts & de frequens ſoupirs.

Tu ne me dis rien, Marianne, me dit ma bienfaictrice; mais, j'entens ton ſilence, & je ne m'en deffends point: je ſuis moi-même ſenſible à la joye que je vous donne à tous deux. Le Ciel pouvoit me reſerver une belle-fille, qui fût plus au gré du monde, mais non pas qui fût plus au gré de mon cœur.

J'éclatai ici par un tranſport ſubit. Ah! ma mere, m'écriai-je, je me meurs, je ne me poſſede pas de tendreſſe, & de reconnoiſſance!

Là, je m'arrêtai, hors d'état d'en dire davantage, à cauſe de mes larmes. Je m'étois jettée à genoux; & j'avois paſſé une moitié de ma main par la grille, pour avoir celle de Madame de Miran, qui en effet approcha la ſienne: & Valville, éperdu de joye, & comme hors de lui, ſe jetta ſur nos deux mains, qu'il baiſoit alternativement.

Ecoutez, mes enfans, dit Madame de Miran, aprés avoir regardé quelque tems les tranſports de ſon fils: il faut uſer de quelque prudence en cette conjoncture-ci. Tant que vous reſterez dans ce Couvent, ma fille, je deffens fends à Valville de vous y venir voir ſans moi. Vous avez conté votre Hiſtoire à l'Abbeſſe : elle pourroit ſe douter, que mon fils vous aime, que peut-être j'y conſens ; elle en raiſonneroit avec ſes Religieuſes, qui en parleroient à d'autres: & c'eſt ce que je veux éviter. Il n'eſt pas même à propos, que vous demeuriez longtems dans cette maiſon, Marianne : je vous y laiſſerai encore trois ſemaines, ou tout au plus un mois, pendant lequel je vous chercherai un Couvent où l'on ne ſçaura rien des accidens de votre vie, où, ſous un autre nom que le mien, je vous placerai moi-même, en attendant que j'aye pris des meſures, & que j'aye vû comment je me conduirai pour préparer les eſprits à votre mariage, & pour empêcher qu'il n'étonne. On vient à bout de tout avec un peu de patience & d'adreſſe ; ſur-tout, quand on a une mere comme moi pour confidente.

Valville, là-deſſus, alloit retomber dans ſes remercimens, & moi dans les témoignages de mon reſpect & de ma tendreſſe; mais, elle ſe leva. Tu ſçais qu'on m'attend, dit-elle à ſon fils. Renferme ta joye : je te diſpenſe de me me la montrer ; je la vois de reste : descendons.

Ma mere, reprit son fils, Marianne sera encore un mois ici : vous me deffendez de la voir sans vous ; cela ne veut-il pas dire, que je vous accompagnerai quelquefois quand vous viendrez ? Oüi, oui, dit-elle : il faudra bien ; mais, une ou deux fois seulement, & pas davantage. Allons, sortons ; au nom de Dieu, laisse-moi te conduire : il y aura une difficulté à laquelle je ne songeois pas. C'est que mon frere connoît Marianne, sçait qui elle est ; & peut-être serons-nous obligés de vous marier secrettement. Tu és son héritier, mon fils ; c'est à quoi il faut prendre garde : il est vrai, qu'après son avanture avec Marianne, on pourroit esperer de le gagner, de lui faire entendre raison ; & nous nous consulterons sur le parti qu'il y aura à prendre. Il m'aime, il a quelque confiance en moi, je la mettrai à profit, & tout peut s'arranger. Adieu, ma fille ; &, sur le champ, elle se hâta de descendre, & me laissa plus charmée que je n'entreprendrai de le dire.

Je vous ai conté, qu'il y avoit trois ou quatre nuits que je n'avois presque pas dor-

dormi, de pure inquiétude : à présent, mettez en pour le moins autant que je passai dans l'insomnie ; rien ne reveille tant qu'une extréme joye, ou que l'attente certaine d'un grand bonheur : &, sur ce pied-là, jugez si je devois avoir beaucoup de disposition à dormir.

Imaginez-vous ce que je deviens, quand je pense que j'épouserai Valville, & combien de fois mon ame en tressaille ; & si, avec tant de tressaillemens, j'avois le sang bien reposé.

Les deux premiers jours, je fus simplement enchantée, ensuite il s'y joignit de l'impatience. Oüi, j'épouserai Valville, Madame de Miran me l'a dit, me l'a promis; mais, cet évenement, quand arrivera-t-il ? Je vais demeurer encore un mois ici, on doit me mettre après dans un autre Couvent, afin de prendre des mesures pour ce mariage; mais, ces mesures seront-elles bien longues à prendre, ira-t-on vîte ? On n'en sçait rien; on ne fixe aucun tems, on peut changer de sentiment : & ces pensées altéroient extrémement ma satisfaction. J'en souffrois quelquefois presqu'autant que d'un vrai chagrin : j'aurois voulu pouvoir sauter, de l'instant où j'étois, à l'instant de ce mariage.

En-

Enfin, ces agitations, tant agréables que pénibles, s'affoiblirent, & se passérent: l'ame s'accoutume à tout, sa sensibilité s'use; & je me familiarisai avec mes esperances, & avec mes inquiétudes.

Me voilà donc tranquille. Il y avoit cinq ou six jours, que je n'avois vû, ni la mere, ni le fils, quand un matin on m'apporta un billet de Madame de Miran, où elle me mandoit qu'elle me viendroit prendre à une heure après midi avec son fils, pour me mener dîner chez Madame Dorsin. Son billet finissoit par ces mots.

Et sur-tout rien de négligé dans ton ajustement, entends tu? je veux que tu te pares.

Et vous serez obéïe, dis-je en moimême en lisant sa lettre. Aussi avois-je bien intention de me parer, même avant que d'avoir lû l'ordre; mais, cet ordre mettoit encore ma vanité bien plus à son aise: j'allois avoir de la coquetterie par obéïssance.

Quand je dis de la coquetterie, c'est qu'il y en a toujours à s'ajuster avec un peu de soin: c'est tout ce que je veux dire; car, jamais je ne me suis écartée de la décence la plus exacte dans

 ma

parure : j'y ai toujours cherché l'honnéte, & par ſageſſe naturelle, & par amour-propre ; oüi par amour propre.

Je ſoutiens, qu'une femme, qui choque la pudeur, perd tout le mérite des graces qu'elle a : on ne les diſtingue plus à travers la groſſiereté des moyens qu'elle employe pour plaire, elle ne va plus au cœur, elle ne peut plus même ſe flatter de plaire, elle débauche, elle n'attire plus comme aimable, mais ſeulement comme libertine, & par-là ſe met à peu près au niveau de la plus laide qui ne ſe ménageroit pas : il eſt vrai, qu'avec un maintien ſage & modeſte, moins de gens viendront lui dire, je vous aime ; mais, il y en aura peut-être encore plus qui le lui diroient, s'ils oſoient : ainſi, ce ne ſera pour elle que des déclarations de moins, & non pas des amans ; de façon qu'elle y gagnera du reſpect, & n'y perdra rien du côté de l'amour.

Cette réflexion a coulé de ma plume, ſans que j'y priſſe garde : heureuſement, elle eſt courte ; & j'eſpere qu'elle ne vous ennuyera pas : continuons.

Onze heures ſont ſonnées, il eſt tems de m'habiller, & je vais me mettre du meil-

meilleur air qui me ſera poſſible, puiſqu'on le veut; & c'eſt encore bon ſigne qu'on le veuille, c'eſt une marque que Madame de Miran perſiſte à m'abandonner le cœur de Valville: ſi elle héſitoit, elle n'expoſeroit pas ce jeune homme à tous mes appas; n'eſt-il pas vrai?

C'eſt auſſi ce que je penſe en m'habillant, & j'ai bien du plaiſir à le penſer, mes graces s'en reſſentiront, j'en aurai le teint plus clair, & les yeux plus vifs.

Mais, me voilà prête; une heure va ſonner: j'attends Madame de Miran; &, pour me deſennuyer en l'attendant, je vais de tems en tems me regarder dans mon miroir, retoucher à ma coëffure, qui va fort bien, & à qui pourtant, par une néceſſité de geſte, je refais toujours quelque-choſe.

On ouvre ma porte. Madame de Miran vient d'arriver, on m'en avertit, & je pars: ſon fils étoit à la porte du Couvent, & il me donna la main juſqu'au caroſſe où ma Bienfaictrice étoit reſtée.

Je ne vous dis pas que quelques Sœurs converſes, que je trouvai ſur mon chemin en deſcendant de chez-moi, me parurent ſurpriſes de me voir ſi jolie. Jeſus! mignonne, que vous êtes belle! s'écriérent-elles, avec une ſimplicité naïve à laquelle je pouvois me fier.

Je vis Valville prêt à s'écrier à ſon tour: il ſe retint, la Tourriere étoit préſente; & il ne s'expliqua que par un ſerrement de main, que j'approuvai d'un petit regard, qui n'en fut que plus doux pour être timide.

Monſieur de Climal ne ſe porte pas bien, me dit-il dans le trajet: il a un peu de fievre depuis deux jours. Tampis, répondis-je: je ne lui veux point de mal; & il faut eſperer, que ce ne ſera rien: là-deſſus, nous arrivâmes au caroſſe.

Allons, montez, Marianne, me dit ma Bienfaictrice: hâtons-nous, il ſe fait tard; & je montai.

Tu és fort bien, ajouta-t-elle en m'examinant, fort bien. Oüi, dit Valville avec un ſouris, grace à ſa beauté, & à ſa figure, elle eſt on ne peut pas mieux.

Ecoute, Marianne, reprit Madame de Miran, tu ſçais que nous allons dîner chez Madame Dorſin: il y aura du monde, & nous ſommes convenues toutes deux, que je t'y menerois comme la fille d'une de mes meilleures amies qui eſt morte, qui étoit en province, & qui en mourant t'a confiée à mes ſoins. Souviens-toi de cela: & ce que je dirai eſt preſque vrai; j'aurois aimé ta mere, ſi je l'avois connuë, je la regarde comme une amie que j'ai perdue: ainſi, je ne tromperai perſonne.

Hélas! Madame, repondis-je extrémement attendrie, vos bontez pour moi vont toujours en augmentant depuis que j'ai le bonheur d'être à vous: toutes les paroles, que vous m'avez dites, ſont autant d'obligations que je vous ai, autant de bienfaits de votre part.

Il eſt vrai, dit Valville, qu'il n'y a point de mere qui reſſemble à la nôtre: auſſi ne ſçauroit-on dire combien on l'aime. Oüi, reprit-elle d'un air badin, je crois que tu m'aimes beaucoup, mais que tu me cajolles un peu.

Au reſte, ma fille, je ne connois point de meilleure compagnie que celle où je te mene, ni de plus choiſie: ce ſont tous gens extrémement ſenſez, & de beaucoup d'eſprit que tu vas voir. Je ne te preſcris rien: tu n'as nulle habitude du monde; mais cela ne te fera aucun tort auprès d'eux: ils n'en ju-

 ge-

geront pas moins ſainement de ce que tu vaux ; & je ne ſçaurois te preſénter nulle part, où ton peu de connoiſſance à cet égard ſoit plus à l'abri de la critique : ce ſont de ces perſonnes, qui ne trouvent ridicule que ce qui l'eſt réellement ; ainſi, ne crains rien, tu ne leur déplairas pas, je l'eſpere.

Nous arrivâmes alors, & nous entrâmes chez Madame Dorſin : il y avoit trois ou quatre perſonnes avec elle.

Ah ! la voilà donc enfin ? Vous me l'amenez, dit-elle à Madame de Miran en me voyant. Venez, Mademoiſelle, venez, que je vous embraſſe ; & allons nous mettre à table, on n'attendoit que vous.

Nous dinâmes. Quelque novice & quelque ignorante que je fuſſe en cette occaſion-ci, comme l'avoit dit Madame de Miran, j'étois née pour avoir du goût, & je ſentis bien en effet avec quels gens je dînois.

Ce ne fut point à force de leur trouver de l'eſprit, que j'appris à les diſtinguer pourtant : il eſt certain, qu'ils en avoient plus que d'autres, & que je leur entendois dire d'excellentes choſes ; mais, ils les diſoient avec ſi peu d'effort, ils y cherchoient ſi peu de façon, c'étoit c'étoit d'un ton de converſation ſi aiſé & ſi uni, qu'il ne tenoit qu'à moi de croire qu'ils diſoient les choſes les plus communes. Ce n'étoient point eux qui y mettoient de la fineſſe, c'étoit de la fineſſe qui s'y rencontroit; ils ne ſentoient pas qu'ils parloient mieux qu'on ne parle ordinairement : c'étoit ſeulement de meilleurs eſprits que d'autres, & qui par-là tenoient néceſſariment de meilleurs diſcours qu'on n'a coutume d'en tenir ailleurs, ſans qu'ils euſſent beſoin d'y tâcher, & je dirois volontiers ſans qu'il y eut de leur faute ; car, on accuſe quelquefois les gens d'eſprit de vouloir briller. Oh! il n'étoit pas queſtion de cela ici; &, comme je l'ai déja dit, ſi je n'avois pas eu un peu de ſentiment, j'aurois pû m'y méprendre, & je ne me ſerois apperçu de rien.

Mais, à la fin, ce ton de converſation ſi excellent, ſi exquis, quoique ſi ſimple, me frappa.

Ils ne diſoient rien que de juſte & que de convenable, rien qui ne fût d'un commerce doux, facile, & guai: j'avois compris le monde tout autrement que je ne le voyois-là (& je n'avois pas tant de tort;) je me l'étois figuré plein de petites regles frivoles & de petites finesses polies, plein de bagatelles graves & importantes, difficiles à apprendre, & qu'il falloit sçavoir sous peine d'être ridicule, toutes ridicules qu'elles sont elles-mêmes.

Et point du tout : il n'y avoit rien ici qui ressemblât à ce que j'avois pensé, rien qui dût embarrasser mon esprit ni ma figure, rien qui me fist craindre de parler, rien au contraire qui n'encourageât ma petite raison à oser se familiariser avec la leur. J'y sentis même une chose qui m'étoit fort commode : c'est que leur bon esprit suppléoit aux tournures obscures & maladroites du mien. Ce que je ne disois qu'imparfaitement, ils achevoient de le penser & de l'exprimer pour moi, sans qu'ils y prissent garde ; & puis ils m'en donnoient tout l'honneur

Enfin, ils me mettoient à mon aise : & moi, qui m'imaginois qu'il y avoit tant de mystere dans la politesse des gens du monde, & qui l'avois regardée comme une science qui m'étoit totalement inconnuë, & dont je n'avois nul principe, j'étois bien surprise, de voir qu'il n'y avoit rien

de

de ſi particulier dans la leur, rien qui me fût ſi étranger; mais, ſeulement, quelque choſe de liant, d'obligeant, & d'aimable.

Il me ſembloit que cette politeſſe étoit celle que toute ame honnete, que tout eſprit bien fait, trouve qu'il a en lui, dès qu'on la lui montre.

Mais, nous voici chez Madame Dorſin, auſſi bien qu'aux dernieres pages de cette Partie de ma Vie. C'eſt ici où j'ai dit que je ferois le Portrait de cette Dame: j'ai dit auſſi, ce me ſemble, qu'il ſeroit long, & c'eſt de quoi je ne réponds plus. Peut-être ſera-t-il court; car, je ſuis laſſe. Tous ces Portraits me coutent: voyons celui-ci pourtant.

Madame Dorſin étoit beaucoup plus jeune que ma Bienfaictrice. Il n'y a guéres de phyſionomie comme la ſienne; & jamais aucun viſage de femme n'a tant merité que le ſien qu'on ſe ſervît de ce terme de phyſionomie, pour le définir, pour exprimer tout ce qu'on en penſoit en bien.

Ce que je dis-là ſignifie un mélange avantageux de mille choſes dont je ne tenterai pas le détail.

Cependant, voici en gros ce que

j'en puis expliquer. Madame Dorſin étoit belle ; encore n'eſt-ce pas-là dire ce qu'elle étoit. Ce n'auroit pas été la premiere idée qu'on eût eu d'elle en la voyant : on avoit quelque-choſe de plus preſſé à ſentir ; & voici un moyen de me faire entendre.

Perſonnifions la beauté, & ſuppoſons qu'elle s'ennuye d'être ſi ſerieuſement belle, qu'elle veuille eſſayer du ſeul plaiſir de plaire, qu'elle tempere ſa beauté ſans la perdre, & qu'elle ſe déguiſe en grace : c'eſt à Madame Dorſin à qui elle voudra reſſembler ; & voilà le Portrait que vous devez vous faire de cette Dame.

Ce n'eſt pas-là tout : je ne parle ici que du viſage, tel que vous l'auriez pû voir dans un Tableau de Madame Dorſin.

Ajoutez à préſent une ame, qui paſſe à tout moment ſur cette phyſionomie, qui va y peindre tout ce qu'elle ſent, qui y répand l'air de tout ce qu'elle eſt, qui la rend auſſi ſpirituelle, auſſi délicate, auſſi vive, auſſi fiere, auſſi ſérieuſe, auſſi badine, qu'elle l'eſt tour à tour elle-même ; & jugez par-là des accidens de force, de grace, de fineſſe, & de l'infinité des expreſ-

ſions

ſions rapides qu'on voyoit ſur ce viſage.

Parlons maintenant de cette ame, puiſque nous y ſommes. Quand quelqu'un a peu d'eſprit & de ſentiment, on dit d'ordinaire, qu'il a les organes épais; & un de mes amis, à qui je demandai ce que cela ſignifioit, me dit gravement, & en termes ſçavans, c'eſt que notre ame eſt plus ou moins bornée, plus ou moins embarraſſée, ſuivant la conformation des organes aux-quelles elle eſt unie.

Et, s'il m'a dit vrai, il falloit que la nature eut donné à Madame Dorſin des organes bien favorables; car, jamais ame ne fut plus agile que la ſienne, & ne ſouffrit moins de diminution dans ſa faculté de penſer.

La plûpart des femmes, qui ont beaucoup d'eſprit, ont une certaine façon d'en avoir, qu'elles n'ont pas naturellement, mais qu'elles ſe donnent.

Celle-ci s'exprime nonchalamment, & d'un air diſtrait, afin qu'on croye qu'elle n'a preſque pas beſoin de prendre la peine de penſer, & que tout ce qu'elle dit lui échape.

C'eſt d'un air froid, ſerieux, & déciſif, que celle-ci parle; & c'eſt pour avoir auſſi un caractere d'eſprit particulier.

Une

Une autre s'adonne à ne dire que des choses fines, mais d'un ton qui est encore plus fin que tout ce qu'elle dit: une autre se met à être vive & petillante. Madame Dorsin ne débitoit de ce qu'elle disoit dans aucune de ces petites manieres de femme: c'étoit le caractere de ses pensées, qui regloit bien franchement le ton dont elle parloit; elle ne songeoit à avoir aucune sorte d'esprit: mais, elle avoit l'esprit avec lequel on en a de toutes les sortes, suivant que le hazard des matieres l'exige; & je crois que vous m'entendrez, si je vous dis, qu'ordinairement son esprit n'avoit point de sexe, & qu'en meme tems ce devoit être de tous les esprits de femme le plus aimable, quand Madame Dorsin vouloit.

Il n'y a point de jolie femme, qui n'ait un peu trop envie de plaire: delà naissent ces petites minauderies plus ou moins adroites, par lesquelles elle vous dit, Regardez-moi.

Et toutes ces singeries n'étoient point à l'usage de Madame Dorsin: elle avoit une fierté d'amour-propre, qui ne lui permettoit pas de s'y abaisser, & qui la dégoutoit des avantages qu'on en peut tirer; ou, si dans la journée elle

se

ſe relachoit un inſtant là-deſſus, il n'y avoit qu'elle qui le ſçavoit: mais, en général, elle aimoit mieux qu'on penſât bien de ſa raiſon, que de ſes charmes. Elle ne ſe confondoit pas avec ſes graces: c'etoit elle, que vous honoriez, en la trouvant raiſonnable; vous n'honoriez que ſa figure, en la trouvant aimable.

Voilà quelle étoit ſa façon de penſer: auſſi auroit-elle rougi de vous avoir plû, ſi dans la réfléxion vous aviez pù vous dire, Elle a tâché de me plaire; de ſorte qu'elle vous laiſſoit le ſoin de ſentir ce qu'elle valoit, ſans ſe faire l'affront de vous y aider.

A la vérité, ce dégoût qu'elle avoit pour tous ces petits moyens de plaire, peut-être étoit-elle bien aiſe qu'on le remarquât: & c'étoit-là le ſeul reproche qu'on pouvoit haſarder contre elle, la ſeule eſpece de coquetterie dont on pouvoit la ſoupçonner en la chicannant.

Et, en tout cas, ſi c'eſt-là une foibleſſe, c'eſt du moins de toutes les foibleſſes la plus honnête, je dis même la plus digne d'une ame raiſonnable, & la ſeule qu'elle pourroit avoüer ſans conſéquence. Il eſt naturel de ſouhaitter qu'on nous rende juſtice: la plus grande

grande de toutes les ames ne ſeroit pas inſenſible au plaiſir d'être connuë pour telle.

Mais, je ſuis trop fatiguée pour continuer ; je m'endors : il me reſte à parler du meilleur cœur du monde, en même tems du plus ſingulier, comme je vous l'ai déjà dit ; & c'eſt une beſogne que je ne ſuis pas en état d'entreprendre à préſent : je la remets à une autre fois, c'eſt-à-dire dans ma cinquiéme Partie, où elle viendra fort à propos ; & cette cinquiéme vous l'aurez inceſſamment. J'avois promis dans ma troiſiéme de vous conter quelque choſe de mon Couvent : je n'ai pû le faire ici ; & c'eſt encore partie remiſe. Je vous annonce même l'Hiſtoire d'une Religieuſe, qui fera preſque tout le Sujet de mon cinquiéme Livre.

Fin de la quatriéme Partie.

AVERTISSEMENT DE L'EDITEUR.

MONSIEUR DE MARIVAUX *n'eſt point l'Auteur d'un Livre, que l'on continue de mettre ſous ſon nom dans la Gazette de Hollande, & qui eſt intitulé le* Telemaque traveſti. *C'eſt de quoi nous avons déja donné avis dans la troiſiéme Partie de* Marianne. *Le véritable Auteur de ce Livre, qui étoit fort jeune, & dont il reſte encore pluſieurs Manuſcrits, eſt mort il y a pour le moins dix-huit ans. Ce fut en partant pour ſa Province, qu'il remit deux Manuſcrits à M. de Marivaux, à qui il avoit quelques obligations. M. de Marivaux, plus jeune encore que l'Auteur, les mit au net quelques mois après, & s'en accommoda, comme d'une choſe à lui appartenante, avec le ſieur Fournier, Libraire de la Rue S. Jaques, qui eſt mort auſſi, & à qui dans cette occurrence il peut avoir écrit quelques Billets dont il ne ſe ſouvient pas. Voilà la verité du fait, & ce qui a cauſé la mépriſe du Libraire qui n'a aucun interêt à s'y obſtiner; puiſque le Livre, qui ne vaut rien, dit-on, n'en vaudroit pas mieux, quand M. de Marivaux en ſeroit l'Auteur.*

On ſupplie Monſieur Tronchin de vouloir bien faire corriger cet Article dans la Gazette.

L'autre Manuſcrit dont on a parlé, qui fut donné à M. de Marivaux, & dont il s'eſt accommodé, de même que du Telemaque traveſti, *eſt intitulé,* Pharſamond, ou les Folies Romaneſques.

AVER-

AVERTISSEMENT

DU

LIBRAIRE DE LA HAYE.

QUELQUE *Droit que j'aie de me plaindre du Procédé peu équitable du Sr.* Rychoff fils, *qui s'est avisé de m'accuser d'avoir supposé la* Lettre de Mr. de Marivaux, *qui se trouve à la tête de mon Edition de la III. Partie de la* Vie de Marianne, *je me contenterai de prier les Personnes sensées de vouloir bien jetter les yeux sur cette* Lettre *dans l'Edition de Paris même; persuadé, que cette simple Inspection les desabusera sans doute comme elle en a déjà desabusé beaucoup d'autres* (*), *& prouvera suffisamment la Fausseté d'une pareille Accusation.*

(*) Les Personnes de ces Provinces, qui seroient curieuses de voir cette Edition de Paris, la trouveront entre les Mains de ce Libraire.

V. Part.

J.V. Schley fecit 1736.

www.ingramcontent.com/pod-product-compliance
Ingram Content Group UK Ltd.
Pitfield, Milton Keynes, MK11 3LW, UK
UKHW020340180726
13839UKWH00002B/823

9 782329 552736